长篇小说

文武与小美

刘晓斌　著

天津出版传媒集团

百花文艺出版社

图书在版编目（ＣＩＰ）数据

文武与小美 / 刘晓斌著 . -- 天津 ： 百花文艺出版
社 ， 2024.1
ISBN 978-7-5306-8645-4

Ⅰ ．①文… Ⅱ ．①刘… Ⅲ ．①长篇小说－中国－当代
Ⅳ ．① I247.5

中国国家版本馆 CIP 数据核字 (2024) 第 004962 号

文武与小美
WENWU YU XIAOMEI

刘晓斌　著

出 版 人：薛印胜
责任编辑：赵世鑫
装帧设计：吴梦涵
出版发行：百花文艺出版社
地址：天津市和平区西康路 35 号　　**邮编**：300051
电话传真：+86-22-23332651（发行部）
　　　　　　+86-22-23332656（总编室）
　　　　　　+86-22-23332478（邮购部）
网址：http://www.baihuawenyi.com
印刷：三河市华东印刷有限公司
开本：880 毫米×1230 毫米　1/32
字数：180 千字
印张：6.875
版次：2024 年 1 月第 1 版
印次：2024 年 1 月第 1 次印刷
定价：58.00 元

如有印装质量问题，请与三河市华东印刷有限公司联系调换
地址：三河市燕郊冶金路口南马起乏村西
电话：19931677990　邮编：065201

目 录

CONTENTS

病是偶然的，也是必然的。

病与命相生相克，又与命相辅相成。

病是涅槃，有人香消玉殒，有人浴火重生。

——题记

一　陌生的电话

癌症是恶魔，恶魔缠上孙小美不到两个月，孙小美的人生就走到了终点。她与恶魔的斗争是那样荡气回肠、惊心动魄、可歌可泣、壮怀激烈。

孙小美得了癌症的事，是偶然发现的。

在西蜀医院体检已经一周了，结果还没有出来，孙小美有点着急。她听人说，要是没什么问题，出结果就快，要是老不出结果，多半是有啥子问题。这样一想，小美心里就更像是十五个吊桶打水，七上八下的。

这天，孙小美突然接到一个陌生的电话，她想都没想，就把电话挂了。几乎没有间隔时间，那个陌生的电话又打进来了，孙小美犹豫了一下，又把它挂了。紧接着，那个陌生的电话第三次打进来。

孙小美把接听键一摁，没好气地说："你烦不烦！推销啥子产品吗？"对方说："我是西蜀医院，请问你是叫孙小美吗？""是，啥子事？""请问你最近是不是在我们医院做过体检？""做过，做过。请问有什么事吗？"一听是医院的电话，孙小美态度转变了。对方不紧不慢地说道："跟你说，你不用紧张，你有两项指标异常，请你马上到我们医院来一趟……"

没等对方说完，孙小美一下把电话挂了，嘴里喊了一声："你们帮我看一下摊子！"说完急忙来到路口，拦住了一辆路过的出租车。她跳上车喊道："师傅，快！西蜀医院！"

"师傅，能不能开快点儿！师傅，能不能再开快点儿！我有急事！"车子刚开出去两条街，孙小美就不停地催司机。

孙小美越着急，车子就越快不起来。刚过前面一个大转弯，嘎的一声，司机一个刹车，把车停住了。孙小美急忙把头探出车窗外，只见前面有两辆车子发生了刮擦，交警正在疏导交通。这时，孙小美再次催促司机："能不能快点嘛！"司机说："美女，我也想快，你看到的，想快也快不起来，除非你长翅膀飞过去。"

孙小美眼泪都快急出来了，哀求道："师傅，我真的到医院有急事，你能不能想想办法，绕道走嘛。"正说着，就见前面交警手一挥，车动了起来。

这分明只是几分钟时间，孙小美就像是经历了一年；又像是经历了一次心脏骤停，起死回生。

围着西蜀医院四周的单行道绕了几个大圈子，好不容易来到了西蜀医院大门口，孙小美扔给司机一张五十元的人民币，就火急火燎地下车，直奔医院体检部去了。

司机还在后面喊："喂，找你钱！"见没有回应，司机又嘟囔了一句："又不是后院起火了，钱都不要了！这年头儿，谁还能跟钱过不去！"

孙小美一路小跑，冲进体检大楼，抓住护士站值班护士的胳膊就问："我是刚才你们打电话要找的孙小美，哪个医生找我？"

"姐，不急不急！"护士一边安慰她，一边给孙小美引路。

孙小美跟在护士后面，来到了医生办公室，只听护士淡淡地说了声："李医生，孙小美来了。"

医生没有搭话，在他桌上的一堆资料袋里找出来一袋资料，淡淡地问了一句："你就是孙小美？"不知咋的，孙小美只是点了点头，并没有出声，两只手紧张地捏住手包，站在医生的面前，有点微微发颤。

这时，孙小美的容貌第一次映入了医生的眼帘：瓜子脸，丹凤眼，樱桃嘴，柳叶眉，前额稍显宽。她给人的印象虽谈不上深刻，却也赏心悦目。当医生的目光与孙小美的目光发生短暂的碰撞时，医生在她目光里看到了忧虑和惊恐。医生心里掠过一丝不祥的预感，就像本来是晴朗的天空，突然飘来一抹乌云。医生心想，这朵美丽的鲜花，要受到魔鬼的摧残了。好在孙小美并没有觉察到医生的心理活动。

"你不用紧张。我们只是查到你的指标有些偏高，需要复查。"医生说。

"医生，我哪些指标偏高？要不要紧？"这时，孙小美开始说话，而且，声音急促而颤抖。

"坐坐坐，你先坐下，不着急，我们慢慢说。"

孙小美听从医生的建议，先坐下，心情稍微放松了一点。这时，她才注意到医生戴着一只浅蓝色的口罩，脸和嘴巴被遮得严严实实的，只露出两只眼睛。孙小美觉得医生的目光有点森严，甚至，她猜想，那只口罩后面隐藏着的可能是一副法官的面目，威严、冷酷、不容商量。好在他的声音有几分谦和，她才得到些许的安慰，觉得医生没有那么严肃，问题可能不大。

整个诊室并不大，以白色为基调。一张一米长的办公桌在进门两步远的地方摆着，医生对着门口坐着。左手边的墙角处，摆着一张 80 厘米宽的窄床，床上铺了一张一次性的塑料床单。医生的身后，还装有一个洗手池，窗台上放着消毒液和洗手液。

"你的转氨酶有些异常，还有甲胎蛋白偏高。"医生说完顺手将检验报告单递给孙小美，"转氨酶 680，甲胎蛋白 230。一般认为，这两项指标代表着肝的健康状况，目前这组数字显得有些高，要考虑肝脏病变的可能。"

孙小美注意到，在 680 的后面，有一组数值 ≤ 48，代表标准值。在 230 的后面，标准值是 ≤ 8。孙小美不明白这两组数字到底意味着什么。医生也采取了安慰她的策略，没有告诉她事态的严重性，只是说这个情况目前还不好下结论，明天复查了再说。

医生握住鼠标，嗒嗒嗒地在电脑屏幕上点击了几下，一点打印键，打印机那边就吐出一张检查单。医生说："明早来复查，空腹。"

出了门，孙小美又转身拐回来问道："医生，你贵姓？"医生说："免贵，姓李。""谢谢哈！"补了这么一句，孙小美才又跨出了诊室。

走出西蜀医院，孙小美的腿上像灌了铅，迈不动步子。她颤抖着在手包里摸索了好一阵才掏出手机，平时掏手机这个小动作，会跟她的性格一样麻利。

"幺儿呀，妈要死了！你赶快回家！"孙小美打通电话，劈头盖脸地就给女儿来了这么一句。

女儿在那头忙问："妈，你做啥子了？你在哪里？"

"我在西蜀医院拿体检报告。"孙小美断断续续说道，"体检报告出来了，有问题。"

于是，孙小美把两组数字告诉了在蜀西医学院上大一的女儿孙小小。女儿一听，忙安慰道："妈，你不要着急，我马上回来。"

孙小美一边听着女儿的声音，一边呆呆地望着眼前的锦江水，她感觉，平时波澜不惊的锦江水，此时就像她的心情，掀起了滔天巨浪，迎面向她扑来，打得她站不稳。她下意识地后退了两步。

小小感到了事态的严重性，马上找老师咨询。老师问："这组数据哪儿来的？"小小告诉他："这是我妈的体检结果。"老师注视着眼前的学生，说："同学，你是学医的，我也就不瞒你了，这组数据不是什么好兆头。通常说，看一组检验数字有没有问题，就看它是否超过标准值；看它的问题大不大，就要看它是否超标三倍。超过了三倍，一般说，就有了临床意义。"

老师接着说道："转氨酶呢，大家都知道，是代表肝脏问题的。甲胎蛋白呢，我们接触得少一些，这个指标也是代表肝脏问题的，主要用于表示患肝癌的风险度，它应该控制在 8 以下，你这都 230 了，接近 80 倍了。"

小小心里咯噔一下，难道妈妈得了肝癌？

"医院下结论没有？"老师问。

"哦，没有，只是叫她明天去复查。"

老师安慰她说："同学，体检也有搞错的时候。再说，目前医学界比较通行的说法是，只有甲胎蛋白超过 400 时，才作为下肝癌诊断的依据。你先不着急，复查了再说。"

小小把课本往寝室的高低床上一扔，拿上钱包，一路小跑着奔校门口去了。她觉得，寝室到校门口的这一段路，被拉长了好多好多，总也奔不到头。好不容易拦到一辆出租车，坐上去以后，她觉得这车开得好慢好慢。

小小脑海里像放电影一样，掠过一幅又一幅画面，爸爸妈妈，外公外婆，宁静的老家，喧嚣的荷花池……小小在心里为妈妈鸣不平，妈妈这么好的一个人，勤劳贤惠，美丽善良……小小觉得很无奈。

想着想着，眼泪便夺眶而出。

听到嘤嘤的哭泣声，司机抬头望了一眼后视镜，本想安慰她两句，又不知道从何说起。但他似乎看出了这个女孩的心思，不觉加了几脚油门，车子快了起来。

孙小美的女儿孙小小，生下来就寄养在外婆家。外婆村里有一个远房亲戚的侄女，刚好坐月子，在保证自己的娃娃吃饱不闹的情况下，答应把多余的母乳喂给孙小小。一次，外婆抱着她坐在那位奶娘身旁等待，大约是饿极了的条件反射，她居然猛一下子伸出小手将奶娘的娃娃抓了两道血印，那个娃娃的奶奶吼道："这是哪家的野娃子，这么烈哟！"听了这话外婆抱起哭闹着的小小走了，再也没有回去，小小就只好喝奶粉，吃点炼乳糊糊。就这样，小小度过了婴幼儿时期。小小该上小学时，孙小美才把她接到身边读书。这孩子天资聪慧，又在妈妈的熏陶下能歌善舞，小学考初中、初中考高中都很顺利。考大学时，小小提出要学医，将来好为外婆和妈妈她们看病，妈妈纠正她说，还应该为社会上更多的人看病。

孙小小的长相随她妈。瓜子脸、丹凤眼、柳叶眉、樱桃嘴，身材姣好。

二 复查

一进家门，母女俩连房门都顾不上关，便抱着痛哭起来。

哭声惊动了邻居，也招来了楼下的租客，甚至楼梯过道的路人。人们本想着来帮帮忙，劝个架什么的，见了这场面，觉得有点尴尬，不知道说什么好。一位好心的邻居，轻手轻脚地为她们拉上了房门。

小小安慰母亲道："妈，不哭！这只是一组体检数据，兴许是医院搞错了呢？再说，就算指标高也说明不了什么，有许多原因都可以引起转氨酶升高和甲胎蛋白异常。"女儿一边说，一边抬起右手，用大拇指替妈妈擦拭脸上的眼泪，继续说道，"哎呀，妈妈，我猛然发现你好漂亮哦！"

"是吗？去你的，就会拿你妈寻开心！"

"真的呢，妈！"

"哪儿有我女儿漂亮呀，古人不是说青出于蓝而胜于蓝吗？"

说罢，孙小美也抬起右手替小小擦拭眼泪，并说道："不哭啊，幺儿，妈妈不是还好生生地站在你面前吗？"这个时候孙小美才意识到，在女儿面前，她应该坚强些。

母女二人相互擦干眼泪后，孙小美从手包里取出两张化验单和一些缴费单，又从另一个手提袋里拿出体检报告。小小接过体检报告一看，转氨酶680，甲胎蛋白230，再看医生的意见和建议：转氨酶和甲胎蛋白，均系肝脏的重要指标，指标异常，考虑肝脏受损严重，建议立即到肝胆科就诊。看着看着，两行热泪又从小小的眼眶里滚出来了。她装作擦鼻涕的样子，顺手把泪水抹掉。然后给妈妈解释道："妈妈，这一张是生化单，所谓生化，就是研究生物体中化学进程的一门学科，生化检验就是通过抽血来化验血液里的指标，内容包括人们常说的肾功能、肝功能、血脂、血糖及血液里的电解质，等等。"

孙小美连连哦了几声，感慨地说："看个病，咋个搞得这么复杂哟！"

"妈，这个不叫复杂，叫科学。你想，如果不是医学家开发出这些医疗技术，人们有了病都找不到病根，即使死了，都不知道是咋个死了的。"紧接着，小小吐了一口唾沫，"呸呸呸！妈，我说错了，我把刚才说的话舔回来。"

"幺儿，你没有说错，妈妈晓得这个道理。所以啊，只要妈妈把病因查清了，就好治病了。"孙小美平静地说。

第二天一大早，母女俩打车到了西蜀医院。进院时小小看了一下手机，七点钟。

检验科抽血的窗口前已经排起了长队，人流还在不停地聚集，不一会儿，长队就向大厅门外拐了一道弯。小小想知道何时开始抽血，一连问了好几个人，有的摆摆手，有的干脆就不搭理她。他们个个表情是木然的、阴沉沉的，就像快要下雨的天，没有一抹哪怕是懒懒的随风飘荡的云彩，医院内的气氛十分凝重。当然，小小此时还不明白为什么会这样。

不一会儿，队列继续延伸，然后又拐了一道弯，远远望去，像一条蜿蜒的长蛇。

孙小美说："小小，这里咋个跟老家赶场一样喽！"

见小小闷闷不乐的样子，孙小美说："我这里还早，你先下楼找个地方把早饭吃了，别饿坏了。""不嘛，我等着和您一块儿吃。"孙小美说："看样子，一时半会儿是轮不到我的，还是你自己先去吃吧！"见妈妈老念叨，小小干脆说："没有心情。"

眼看就要轮到孙小美了，母女二人为扎左手还是右手展开了讨论，因为扎了针的手24小时不能沾水。女儿说扎右手，右手方便扎针；妈说扎左手，因为右手方便干活儿。最后，还是孙小美的意见占了上风。女儿帮着妈妈撸起袖子，护士把一根橡皮管扎在孙小美的胳膊上，随后护士在孙小美的肘关节处轻轻拍了两下，青色的血管立即鼓了起来。护士先用碘伏消毒，又用酒精去碘，整个前奏让孙小美受到极大的震慑，她感到一股肃杀的凉意正从她的胳膊肘弯逐渐向内心世界转移。孙小美感到，护士身上的白大褂是肃杀的；从抽血这个小小窗口望进去，整个检查室是肃杀的，就像是法官提取证据的现场；塑料框里插的那些带着编号的小管是肃杀的，因为那里面很有可能就关住了刚刚缉拿的恶魔；桌面上摆着的那些大小不一的针头更是肃杀的，一针下去就见红。护士倒是一点都不紧张，可能是每天如此，习惯了吧！在扎针之前，护士还在与同事聊天，趁着孙小美不注意，冷不丁一针下去，殷红的血流到采血管里。望着自己的鲜血是那样纯洁，孙小美打死也不相信里面会有癌细胞。

小小配合着，用棉签压住针孔，护士将针头从孙小美身上拔出来。小小说："妈，没事了！"护士叮嘱要多摁一会儿，还有，一天之内不能沾水。小小回应道："晓得了。"护士长问小小："小丫头，你好像有点专业哟，是学医的？"小小点了点头，孙小美接过话茬，不无骄傲地说道："我幺女是学医的，在蜀西医学院。"护士长又说："回去照顾好你母亲，不管得了什么病，重要的是要搞好病人的心理疏导。"小小说："我明白你的意思，回去后我一定注意。"

母女二人走出医院的大门，就近找了一家餐馆。小小说："妈，饿死了，我要二两豌杂面。"孙小美说："你想吃啥就吃啥，学校里吃的没外面的多，你就多吃点。我呢，这两天胃口不好，消化也不好，就想吃点清淡的。"

这家餐馆从国营饮食店脱胎而来，老板怀旧，还沿袭着吧台付款买票、出堂喊号的老习惯。孙小美来到吧台，要了两碗面，老板在计算器上啪的一敲，说道："一共十一块五毛钱。"孙小美打开手包，顺手拿了张红色的百元大钞递给柜台里坐着高凳子的收银员。收银员接过捏了捏水银暗花说："老板，错了！"孙小美正纳闷：难道是假币？就听收银员说多给了一张。孙小美松了一口气，接过收银员退回来的一张百元钞票，接着，又将收银员找的钱一起放进了手包。

吃完饭，母女俩又为是打车回去还是坐公交车回去讨论了一番。小小主张打车，理由是这两天妈妈很辛苦，挤公交车费时费力，还说："家里又不是出不起这个钱。"孙小美主张坐公交车，理由是返程不赶时间，当省则省，并说："我这点钱，还要省着给我闺女陪嫁呢！""哎呀呀，羞死人了妈妈，人家才大一呢！"小小一边说一边举起拳头假装在妈妈身上打了一下。"好好好，妈妈不说了，可我女儿也不能当个老闺女呀！""我将来不会要妈妈的辛苦钱。"孙小美拗不过女儿，只好打了个车回家。到了家门口，司机把表按下说："一共 36 元钱。"孙小美伸手到手包里掏钱，疑惑道："呃，我的钱夹子呢？"再翻了一遍，还是没有，忙问道，"小小，我的钱夹子是不是放你包里了？"小小忙在自己包里翻了一遍，还是没有，二人又在车里找了一遍，还是什么都没有发现。司机无助地望着母女俩，心里说，我还要去跑生意呢！还好，小小包里还有一些零钱，付了钱，下了车，母女二人闷闷不乐地朝家走去。

母女俩来到家门口，孙小美掏出钥匙，咣当一声打开房门，突然哦了一声，然后说："肯定是那个戴眼镜的小伙子，肯定是他！""妈，小偷还有戴眼镜的呀？看起来文绉绉的，根本就想不到啊！""难怪，我看他在面馆时老瞟你，原来是找下手的机会呀！"

"真是屋漏偏逢连夜雨，人倒霉了喝凉水都塞牙啊！""好啦！好啦！妈妈，别生气了。"听女儿这么一劝，孙小美心想：也对啊，钱是人赚的，是为人服务的，不就一千多块钱吗，影响了心情，气坏了身体不划算。嗯，不想它了！

她们万万没想到，下午四点多钟医院又打来电话，说："由于某种原因，你明天还要来采一次血。"

三　多挨了一针

　　第二天一早，母女俩再次来到西蜀医院检验科排队。

　　"小小，妈妈的心跳得慌。"

　　小小安慰道："没事，妈，就跟在外婆老家乡下，被蚂蚁啃了一口一样，很快就好了。"

　　孙小美拉着小小的手说："妈还是害怕。要不我们不查了，不查就没病。"

　　"妈，您好糊涂，病又不是查了才有的，它早就躲藏在身体内了，发现得早，我们就可以把它揪出来，消灭掉。等它们成了气候，就不好办了。"小小说，"就像跟病魔赛跑，争时间，比速度，许多病都是因为没有及时发现，最终才拖成了不治之症。"

　　听小小讲得头头是道，孙小美点点头。

　　这一次，孙小美为了留一只没扎针的手干活儿方便，就又伸出了昨天扎针的那只左手。

　　"换只手，没看你这只手才挨过针吗？还肿着呢！"听了这话，孙小美只好把左手收回来。小小赶紧上前，帮妈妈放下袖子，又帮忙把右手的袖子提上去。

　　"叫什么名字？"

"那上面不是写着吗？"孙小美回护士这句话时，朝窗台上摆放着的化验单白了一眼。

"哦，叫孙小美。"小小替妈妈回答道。

"我要她自己回答！"护士提高了嗓门说。

孙小美又白了护士一眼，嘴里先嘟囔了一句"明知故问"，然后，才很不情愿地回答了一句："那单子上不是写着吗，孙小美。"

"写着归写着，这年头儿，怪事还少吗？帮人体检的，拿错单子的，最后就导致化验结果出错，到时又找医院来闹。"

"好了好了！"小小在一边帮腔说，"妈，您也少说两句吧！"

"早上没吃东西吧？"

"没有，没有。"小小赶忙接着说。

扎皮筋、消毒，排空，护士用套着乳胶手套的手指在孙小美手上按了两下，然后，又用针头在手腕上比画了两下，小小一下看出来了，这是一个实习护士，心里想着真倒霉，但又不敢说出来，怕妈妈知道了紧张。

比画两下后，护士就试着下针了。"好痛！"孙小美喊了起来。大约是刺破了血管壁，护士急忙向后退针，然后又让针尖在肌肉里探索了几下，见孙小美没有再往下喊，才替她松了橡皮筋，喊了一声"放松"，并把她握拳头的手打开。这次护士又抽了孙小美两管血。

孙小美用左手摁住右手针眼上的棉签，一边喊着小小往外走，一边还在发牢骚："净遇到这些倒霉的事！"

小小劝道："哎呀，妈，凡事想开点儿，这扎个针算个啥子不得了的事情嘛，咋个又在那里发感慨！"

第二天，小小就该返校了。母女俩焦急地在家等着，时间的脚步仍是那样不紧不慢地从她们身边走过。她们既希望它快快地走，好快快地看到化验结果，又希望它慢慢地走，甚至永远停顿在那里，永远不再往前，这样，母女俩就可以维持现在的状况，维持现在的快乐。小小是学医的，心里清楚，上次的检验结果十有八九错不了。因为医院里看病，检验结果是客观的，真实地反映着检验对象的身体状况。

这时，小小的爸爸从外地回来了，同往常一样，把一堆搓揉得皱巴巴的发票往地上一扔，到洗漱间撒了一泡尿，出来坐在地板上，整理那些发票，好像老婆不是他的老婆，女儿也不是他女儿一样。

小小从妈妈的卧室里走出来，喊了一声："爸，妈今天又挨了一针！"他只是淡淡地"哦"了一声。

小小的爸爸，是一个四十出头的中年男人，留一个大背头，头发上打了点蜡，额头有些光亮，眉毛有点稀疏，眼睛有点小，脸盘有点宽，看起来有点比例失调的样子，尤其是鼻子，比常人的稍微大一点，鼻尖处有点细小，并且向下弯，看起来就像长了一个小小弯钩。他的上嘴唇好像比下嘴唇略显厚一点，脸有点白，稀稀拉拉几根胡子，略显得有点斯文，看上去还算厚道。

孙小美从里屋走出来，男人抬起头，望了她一眼，顺口问了一句："结果出来了？"随后，他又埋头整理那些发票去了。

"还没有，医院打电话，今天又去抽了两管血。"

"等结果吧。"男人又是淡淡地说了一句。

"爸，妈妈都这样了，你怎么还不冷不热、不阴不阳的，冷血！"

"不是有你这个学医的女儿吗？我又不懂，再说，生意还得有人照料才行。"男人接着说。

"好了好了，小小，不要对你爸那样刻薄。"

见男人对她的事不上心，小美又走回自己的房间里去了，就像走回到自己的世界。

孙小美的男人叫艾军，严格地说是她的第二个男人。

四 小小的身世

　　孙小美一头倒在床上，仰望着头顶上的天花板。天花板就像是一块洁白的银幕，把她的过去投影在上面。回想她的过去，是她最幸福又是最痛苦的事情，也是她最愿意又最烦恼的事情。

　　那年孙小美上师范学校，与她的第一个男人钱成谈朋友，已经到了谈婚论嫁的地步。

　　两年的中师学习很快就要结束了，那段时间，二人天天在一起，憧憬未来，规划人生。二人相约，共同努力学习，报考北方师范大学，共同完成深造之后再完婚。"可是，小美，我们家穷，没钱供我读大学。我看还是算了吧。"钱成说。孙小美用一根指头竖在他的嘴巴上说："嘘！不许你胡说，到时候，我主内，你主外，我们俩的钱合着花，你把钱交给我统一保管，我保证你顺顺利利读完本科。"孙小美这话没有一丁点夸张，她是一个言必行、行必果的人，眼下，家里正在为她凑钱，准备让她继续读大学。

　　一天，孙小美的妈妈把她叫到跟前说道："小美呀，妈给你透露一个秘密，你爸说到北方读书路途遥远，需要不少盘缠，这不，家里把那头下崽的老母猪都盘给人家了。你爸说，这老母猪肚里有崽了，这个时候出手可以卖个好价钱。"说着，妈就从衣柜里把藏的钱拿出来展示给小美看，可是小美看了好像有点不太高兴的样子，说道："妈，这点钱哪里够呀？"妈问："咋不够？你平时都是省吃俭用的，从不乱花钱，到时妈再给你扯两件新衣服。"

"妈，我不是嫌少，我是说我是两个人，懂吗？"

"两个人？"妈玩味了一下，恍然大悟，"我女儿处对象了，是吗？""哎哟，妈！快别说了，多让人难为情，你给我多准备些钱就是了。"

孙小美返校后，她妈妈绞尽脑汁，把家里值钱的东西理了一遍，包括那两只下蛋的老乌鸡。中医讲这种鸡有很好的药用价值，别人可以买回去炖补药吃。这种鸡是抢手货，能卖个好价钱。家里还有几百斤谷子，也可以卖了凑点钱。此外，孙小美的外婆手上还有点零花钱，到时候动员她支持外孙女读大学，她老人家应该没有问题。再有，如果钱还不够，她就把自己手上的一对金镯子拿去卖了，这应该能卖个好价钱。小美妈就这样在心里盘算着。

前两天，有两个收东西的人到村子里到处转悠，当时小美妈与几个妇女正坐在村口那棵老黄桷树下纳鞋垫儿，收东西的人一眼就相中了她手腕上的金镯子，表示愿意出一个好价钱。小美妈心里清楚，这副镯子传到她手上，已经是第三代了，少说都有上百年，钱再多都不能卖，便一口回绝了那两个人。

高考结果出来，事与愿违，孙小美以一分之差，与大学失之交臂，大学只收了他们二人中的一个。孙小美就把家里准备的钱全部给了她的未婚夫钱成。

钱成走后第二周，县教育局来通知，小美被分配到一个乡村小学教语文。这是一份正式工作，每月工资24元。头一次拿到工资，小美留下 4 元钱作为生活费，其余 20 元，一半给了她妈，另一半寄给了钱成。从此以后，钱成每月初都能按时收到孙小美给他寄去的 10 元生活费。

到了第四年，钱成即将毕业了，学校选拔了一批公派留美学生，钱成以微弱劣势落选了。不过，学校与对方学校争取了几个名额，但由于是国家计划外招生，钱成得自己承担一部分费用。录取方式就是从上次留学生招考的名次顺延下来，不去可以放弃。并且要求，最后一个学期开学报到时必须交钱。钱成写信把这件事情跟孙小美说了，征求她的意见，小美告诉他说，必须去，钱由她负责凑。

寒假到了，钱成回老家，小美到长途汽车站去接他，由于路上堵车，车到时天已经黑了。接到钱成后，他们草草吃了一碗面，就找旅店住了下来。

"老板，要两个房间，便宜点的。"孙小美向店主说道。

店主问："一人一间吗？我看看。哎哟，不巧，只剩下一个房间了。"

"要不我们去看看别的地方？"钱成说。

"这位同志，不瞒你说，我们镇就只有这么一家旅馆。""要不就凑合住吧，这样还可以省点钱。"说这话时，小美深情地望着钱成。店主好像看出了点什么，又说："你俩是一家人吧？""还没呢。"钱成回答。"那就是即将是一家人，对吧，年轻人？那不就是个早晚的事嘛！""对对对！要不我在椅子上将就一下，你睡床。""要将就也是我将就，你睡床。"就这样，二人住下了。

进了房间，小美说："好了好了！跑了一天路，你先去洗个澡，早点休息。"钱成听了小美的安排，进卫生间冲了一下，很快就出来了。接着，小美又进去冲澡，钱成听着哗哗的水声，喉结不经意地动了一下。孙小美出浴，湿漉漉的头发飘着一股洗发水的暗香。小美坐在床边与钱成聊了一会儿，觉得床太高了，脚悬着不舒适，她把房间唯一的一把椅子搬到床前，面对钱成坐下，聊累了她就把头倚在钱成的腿上，眯一会儿眼，然后抬起头来，二人接着聊。钱成从农村出来，家里困难至极，几乎全靠奖学金吃饭。他每天只在中午打一份炒菜，吃一顿干饭，早晚都喝稀饭吃泡菜——学校的泡菜不要钱。一天，小美正好同他对坐，打了一份扣肉，肉太肥了，倒掉太浪费，不倒掉呢自己又确实吃不下去。她见钱成低头吃饭，他碗里一点油星都没有，便端起自己的碗，冷不防地把一份扣肉拨到了钱成碗里。钱成正纳闷，抬头看见孙小美，孙小美冲他嘘了一声说："帮我一个忙，免得浪费。"说完，小美就走了。

钱成见小美是真诚的，心里也就接受了，狼吞虎咽地把扣肉吞下肚，连嚼都没有嚼几下。他肚子里实在是太缺油水了，肠肠肚肚的，就像是一部缺乏机油润滑的即将生锈的机器一样，急需油脂滋润。一气呵成完成这一动作后，钱成才抬起头来，看看刚才在他对面落座现在已经走远的女同学孙小美。她的身影、她的声音一起进入他的心里，并一直往深处走。小美留给钱成一个背影，饱满而匀称，天真而坚定。

他们一起听课，一起晚自习，一起上图书馆，一起排练文艺节目，一起练习打排球，一起逛街，一起看电影。因为看电影他们还惹了事，被学校刚分来的一个只比他们大两岁的老师撞见了。教研室里展开了热议，多数老师认为中师学生年纪小，又是师范生，不宜在校期间耍朋友谈恋爱。最后，还是班主任心慈手软，站出来说了以下这段话："学校的规定是对的，但关键是他们二人是不是真的在谈恋爱，对校风、班风是否造成了不良的影响？"停了一会儿，班主任接着说，"这些十六七岁的娃娃，马上就要毕业了，老师们、家长们都盼着他们走上工作岗位，用所学的知识为社会做贡献，为家里挣钱，扛起家庭的生活重担。钱成成绩优异，正在备战师范大学，如果我们现在不问青红皂白地给他们一个处分，会毁了他们的前程。"最后，班主任说服了大家，二人的学籍保住了，到了六月底，同其他的同学一样顺利毕业了。

可是，谈到当下和将来时，二人却被钱难住了。钱成说："反正没有考上，这样读高价学校也不光彩，还不如不出国深造，也省了那一笔不小的花销。"孙小美坚决反对："这是一次千载难逢的机会，如果不把它抓住，你和我会后悔一辈子。"钱成不这样认为，他反驳道："大学毕业回到隆桥驿，分配到一所中学，做一个老师，我们俩把婚结了，不是也很好吗？干吗要自己和自己过不去呢？"

不管钱成怎么说，孙小美死活不同意，非让他出国去完成学业不可。孙小美说："我这里还存了一点准备咱们俩结婚用的钱，一共一万二，我回家让家里再给你想点办法。"钱成拗不过她，只好点头同意了。

二人又因为谁睡床谁睡椅子争执不下，这次是孙小美认输了。钱成说，这是一个仅用体力就能完成的事情，男人必须保护爱护自己的女人，孙小美觉得有理，就答应了。钱成把椅子反过来靠在床脚，将下巴搁在靠背上，静静地看着自己心爱的女人进入梦乡，心中充满着幸福。

半夜，孙小美醒来，揉一揉惺忪的睡眼，一眼看见靠在椅子上的钱成，听着他轻轻的鼾声，心痛极了。想着还有半年他们就要完婚了，她踮起脚尖下床，轻脚轻手地把钱成扶到床上在他身边躺下。就在小美把手从他身上抽离的时候，钱成醒了，他深情地望着小美，猛地将小美往身上一搂……

他们第二天到了家。小美家里早有准备，七大姑八大姨都被请来，做了九大碗。孙小美把钱成热情地介绍给全家人，亲戚朋友都热情地嘘寒问暖，尤其是小美的父母对这个读大学的准女婿更是喜爱有加，把家里好吃的都拿出来款待他，什么花生、香肠、老腊肉，还有在地窖里藏了二十几年的女儿红，这还是小美出生那年封存的，专等女儿出嫁时启封的。

晚上，家里把小美平日里住的房间收拾了一下，又点上一根蚊香，提前放下了蚊帐，让这个准女婿就寝。小美只好和妈妈挤在了一张床上。

"妈，家里还有钱没有？"小美问。

"你要钱干什么？"妈妈反问她。

孙小美只好如实告诉她，钱成出国留学需要钱。母女二人对视了一会儿，好像都在为钱想办法，又在为钱犯愁。最后，妈妈不得不打破僵局说："家里没有什么钱了，存了几个钱也是给你做嫁妆用的……你们这八字还没有一撇呢，你是他什么人啊，这算哪门子事啊？"

小美像小时候一样，抓着妈妈的手臂一个劲儿地摇，嘴里念叨着："哎呀，妈！我们早晚还不是一家人吗？您现在帮他就等于是在帮我。妈，好不好？"

小美妈抽回手去，叹了口气："不是妈不愿意帮他，这好几万呢，就是把你准备结婚的钱贴上也不够啊！"

"妈，想想办法，您一定有办法的。"小美一边说，一边若有所思地盯着妈看，最后，她把目光聚焦到了妈妈手腕上的一对金镯子上。"你个死丫头，又打你妈金镯子的主意！""妈，别说得那么难听，您想想，您和爸将来老了靠谁？靠我嘛。我又靠谁？我还不得靠钱成吗？我们现在先下点血本，把他武装起来，将来他出息了，还不得挣大钱，挣了大钱还不得首先孝敬您老人家吗？""死丫头，妈说不过你，反正这点家当早晚都是你们的。"

钱成离开那天，孙小美送了一程又一程，千叮咛万嘱咐，让他在国外好好读书，别的什么都不用管。她盼着他学成归来，共同走进婚姻殿堂。

可是，钱成走后不久，小美没有按时来例假。她不懂，以为是推迟了几天，过了几天，她就开始呕吐起来，小美发现自己怀孕了，感到很惶恐。她想，首先不能让人看出来，于是特意把搁了许久的皮带拿出来系上，把腰勒得紧紧的。然后就是想法把孩子弄掉，到医院堕胎她是不敢去的，也万万不能去。唯一的办法就是自己想办法解决，尽管私自堕胎可能会有生命危险，但是，为了保住自己的名声，特别是这份工作，为了在国外留学的钱成，她必须去试。为了达到目的，小美想了好多的办法：去干重体力活儿、担水、运动，同学生一起打球，周末走路回乡下。可是，孩子就像是铁了心要到人世间走一遭一样，紧紧附着在妈妈的子宫壁上。撑了几个月，肚子大了，太明显了，家里人发现不对劲儿，带着小美到邻近的乡镇医院去看医生，医生说，太晚了，如果这个时候再堕胎，会有生命危险。

一天，校长把她留下来谈话，先是告诉她，学生和家长都挺喜欢她，说她人美心灵美，聪明伶俐，贤惠大方，接着就夸她是山村最美的园丁，是农村教育战线上难得的人才，并表示已经向县教育局推荐她作为副校长的培养对象。孙小美一边听着，一边在心头琢磨着。这前面的意思，她倒是听两个学生的家长说过，孩子们都挺喜欢她，自从她来到这所学校，孩子们的内心世界起了变化，过去那种满堂漫灌填鸭式的教学方法改变了，孩子们从"厌学"变为了"愿学"，打心眼儿里愿意听她讲课。有一天，一个男生到她办公室来取作业本，突然红着小脸悄悄告诉她："孙老师，我喜欢你，长大了要娶你！"这童真戏言居然弄得她惶恐了好几天，也幸福了好几天。所以，自己在学生和家长中的威信她还是心里有数的。但是，这第二层意思，孙小美是没有思想准备的，也压根儿没有想过：今天校长怎么突然给自己说这些呢？

正在纳闷时，校长话锋一转说："可是，孙老师，最近大家反映你有些异样，是怎么回事呀？""没有啊！校长，我这不都同平时一样吗？""不一样不一样，教学精力差了，上课老走调，批改作业老走神，这些都是大家有目共睹的。孩子们的作业，还有孩子们最近一段时间的测试成绩都反映出来了。"校长观察了一下孙小美的表情，见她低头不语，便知自己说对了。于是，他接着说："你这样发展下去可是不行的哟，我把这个班交给你不放心。"说着，校长又朝孙小美身边挪了挪椅子，他的腿几乎就挨着孙小美的腿。孙小美下意识地向后仰了一下身体，又很快地使自己平静下来。

校长说："小美呀，你最近是不是遇到什么困难了？"孙小美这时才开始警觉，这校长平日里不都是孙老师长孙老师短的叫吗，今天怎么简称自己的名字了？那声音里还有一种怪怪的味道。正想着，校长突然伸手摸着她的腿说："小美，你有什么难处就说出来，我给你解决，可千万别憋在心里，把人给憋坏了！"校长一边说，一边去牵她的手。

孙小美猛然间明白了校长今天把她独自留下来谈话的真实

目的，她一下子站起来，甩开校长的手说："校长，谢谢你的美意，我不想提什么校长，只想教好我的书，请你放尊重点！"这时，校长反而变本加厉地一下子把孙小美抱了一个满怀，说："小美，自从你到校那天起，我就喜欢上了你……"孙小美又恨又气又急，用尽全身力气，一把推开他，夺门而出。

天黑了，就像孙小美此时此刻的心境，白天原本清晰的路，此时变得模糊了。眼泪载着她的委屈，从她那本已羞得绯红却又被夜色笼罩得看不见的美丽面颊上流下来。三四里蜿蜒曲折的山路，她一路狂奔，终于在一片竹林里掉下去了。竹林前面是老队长的房子，老队长隐约听见有人在呼救，打着手电筒一看，吓了一大跳：这不是小美吗？只见她身下一摊血，这是怎么回事啊？老队长赶忙叫来老伴儿把小美抬回家，让她躺在自己的床上。见小美大着个肚子喊痛，队长老伴儿恍然大悟：这是要临产啊！"这是怎么回事呀，小美！""哎呀，别问那么多了！救人要紧。快，你到后山去叫小美的爸妈，我到村部去叫赤脚医生，记住！这事千万别嚷嚷！"队长又叫小孙子守着孙老师，千万别走开。不多会儿，赤脚医生和小美爸妈都来了，医生说："小美因为受到了外部刺激，这是要早产！"大家分头准备，烧水的烧水，铺床单的铺床单，医生为小美接生，小美便在老队长家的床上产下了一个健康的女婴。

小美向学校请了病假，校长心知肚明，自然不敢深究。小美想，这非婚生的孩子当地人叫"私娃儿"，是大逆不道的，日后母女俩必定遭人唾弃。于是出月子后，她横下一条心，辞了职，独自到蓉城闯荡去了。

一连两个月，钱成都没有收到小美的汇款，只收到了小美的来信。小美在信上说，由于种种原因，自己不想再待在乡下教书了，准备到外面去闯闯，希望他克服一下暂时的困难，她出去只要挣了钱，就会把他的学费、生活费补上。但是，为了不让钱成分心，孙小美没有把最最重要的一件事情告诉他，那就是他们的女儿小小出生了。

由于没了给养，钱成在国外的生活捉襟见肘，整天吃面包就咸菜。有一天，同班女同学晓薇要了两份牛排向他走过来，对他说："今天过了一科，我请客，我们国内来的人在一起庆祝一下，你不要拒绝哦！"钱成隐约觉察到这是一种同情，但她找的理由却让人不好拒绝。吃完牛排，二人在学校里遛了一圈，谈到了学习，谈到了东西方文化的差异，谈到了将来。晓薇问他："我看你每个月都有一笔钱从一个叫隆桥驿的地方寄来，最近怎么没有了呢？"这一问，把钱成问得伤感起来，他想，小美也许遇到了什么难处，但也不能不要铁饭碗啊！后来，晓薇提醒他：小美是不是又遇到了另一个他？两个人就这样聊着，不知不觉过去了两个小时。回到宿舍，钱成想了很多，想起他和小美在一起度过的那些美好时光，不禁潸然泪下。但他最后把思考的落脚点落到了晓薇的话上。他想，她如果真的有了另一个他，他们能够天天在一起，比这远隔太平洋强。再说，这些年，自己在经济上也拖累了小美，就狠了狠心，不再写信了，省得小美误会写信就是要钱。

小美和钱成之间出现缝隙，这给了晓薇机会，她便顶替小美对钱成进行帮助，把钱成的后勤补给给接上了。两个月里，二人学习在一起，吃饭在一起，几乎是形影不离，而所有的用度全是晓薇一人埋单。过了两个月，突然有一天，钱成收到了小美寄来的二百块钱和一封信，小美在信中告诉他，自己辞去了教师工作，到大城市找到了一份工作，挣的钱比教书多得多，让他只管在国外安心读书。钱成拿到这些钱和这封信，与晓薇二人推敲了半天，怎么也琢磨不透：干什么能挣那么多钱？干什么可以替代得了铁饭碗？他越琢磨就越觉着不对劲儿，晓薇出主意，让钱成把钱退了回去。就这样，钱成在晓薇的帮衬下完成了学业。他们毕业时，正赶上中美关系大发展的好时候，为了增进东西方的文化交流，增进美国人民对古老中国的了解，校方新开设了汉语言文学课。他俩都是约翰逊教授的得意门生，教授出面推荐了他们，也便有了二人同时留校任教的事情。

五 新的生活

家里人给孙小美凑了 30 元钱，孙小美便带着钱独自一人到蓉城闯荡。她内心就像有一把火，两个月没有给钱成寄钱了，他的日子怎么过，能不能支撑得下去，能否按时完成自己的学业？小美着急，恨不得马上就赚到很多钱，恨不得一夜暴富。

那天，小美到荷花池市场去转悠，想看看什么生意适合自己干，A 区卖成人服装，B 区卖童装，C 区卖鞋子，D 区是卖小百货的，琳琅满目的商品把小美看得眼花缭乱。

她刚走出荷花池市场，就碰到一个卖古董的。"大姐，这东西要不要？"小美一看，是一对玉镯子。对方又说："大姐，看看吧，这是我家祖传六代的传家宝，娃儿开学了，交不起学费，急等着用钱。"孙小美听不得别人说交不起学费，便拿过来随便看看，那贩子说："你拿起来，对着太阳光照照，保准它是晶莹剔透的好成色。"孙小美将一只玉镯拿过头顶，在太阳光下一照，果然是晶莹剔透的。贩子又说："大姐，看你像初来乍到的吧，不如我再给你便宜五块钱，你把我这对玉镯子买了去，改天一转手倒卖了，兴许能赚一大笔钱。大姐，头一趟生意讲究的是不空手哦。"贩子巧舌如簧，孙小美哪里经得住诱惑，于是，就将这对玉镯买下了。贩子拿了钱，一溜烟儿不见了。见贩子走了，旁边一个摆摊的人对小美说："妹儿，你上当了，那人整天在市场转悠，专找新来的下手，他那对玉镯子是在十二桥旧货市场买的有机玻璃的，五块钱都不值。"

小美一下蹲在地上，气极而泣，引来许多围观者。协警来询问了情况，又把她带到警务室做了登记。有人听说她是隆桥驿的人，就问她是哪个乡的，后来来了一个女的，她说认得孙小美，还夸她书教得好。老乡嘘寒问暖，知道她还没有吃晚饭，便给喊了一碗牛肉面。肚子填饱了，住宿成了问题，那位妇女说："要不，就委屈孙老师一下，睡我家仓库的布匹上，也好顺便给我守守库房。我们家小孩也转学过来了，旁边的一所小学缺教师。"小美听老乡这么一说，答应了。

店家纷纷关闭了铺面，夜幕降临，市场一片寂静。孙小美拿了老乡给她的几截布头子，一截做了床单铺在下面，一截做被单盖在身上。仓库不足二十平方米，晚上做库房，白天在门口摆一个桌子就成了门面。仓库的后半部有一个隔层，隔层砌了一道没有封闭的半米高的女儿墙，隔层上面也放了一些货。上半夜，孙小美根本无法入睡，和衣躺在布匹上，从今天到毕业分配，从蓉城到乡村，孙小美采取倒叙的方式进行追忆。

午夜，正当孙小美迷迷糊糊的时候，被一阵动静弄醒了，打开灯一看，两只耗子正在墙根追逐打闹。孙小美本来最怕耗子，猛一看它们这样无拘无束的天真劲儿，反倒觉得有几分可爱，还有几分羡慕。人就是这样，在特殊的时期，有特殊的心境、独特的视角，对事物便会有特殊的看法。

耗子见灯光吓跑了。

到了下半夜，那道半米高的女儿墙上掠过一道黑影，由于女儿墙串联着左邻右舍，一个搬运工从隔壁左邻翻过女儿墙进来，一下向小美扑上来，把小美拼命地压在下面，一张臭嘴在小美的脸上乱拱，还伸手去摸小美的乳房，又拉她的裤子。小美拼命喊救命，拼命用双手去抓那人的脸。气急败坏的流氓狠狠地一拳打来，正中小美的太阳穴，她一下子昏厥过去。幸好在这时，右邻守仓库的人听到呼救声，从女儿墙翻过来，用一只雪亮的手电照得那流氓睁不开眼。三五招下来，那人束手就擒，被扭送到了派出所。第二天，老乡见孙小美惊魂未定的样子，告诉她说，救你那人叫艾军，侦察兵出身，市场上的联防队队员，有他给你做邻居，你就放心睡吧！

相识之后，这个艾军就默默地关注着孙小美。

老乡见孙小美单纯、真诚、勤奋，就赊东西给她，她卖出去了才给钱，没有卖出去可以退货，这样一来，孙小美做生意就不用本钱了。生意有了一个好的开始，她把货款给老乡后，所有余款都寄给了大洋彼岸的钱成。让她万万没有想到的是，钱成把钱原原本本地退了回来。

收到钱成的退款，孙小美万念俱灰。小美在锦江边上徘徊了一个钟头，想起父母，想起孩子，想起自己的付出，想起与钱成的山盟海誓……人活着多累啊！还不如一了百了。孙小美把心一横，越过栏栅，向着江水纵身一跃。几乎在同一时间，艾军也跳了下去，抓住了孙小美的衣领，把她救了上来。那一夜，他们彻夜长谈，她告诉他，她有过男朋友，并且还有一个小女孩。艾军给了她一个深深的拥抱，并告诉她，他能够接受她的一切，愿意同她一起打拼，一起挣钱，一起抚养小女孩。那一夜，孙小美感动了很多次，她告诉艾军："你给我些时间，容我好好想一想。"那一夜，艾军坐在布堆上，守护了一夜，在他的呵护下，孙小美踏踏实实地睡了一觉。

孙小美的新生活就此开始了。

孙小美经历了市场第一日、第一夜和第一次绝望、第一次得救。从此，她的人生有了新的开始。前面学的，好像都派不上用场，一切都清了零，一切都得从零开始。

每天早上四点多钟，有大货车拉着布匹、服装这些货物到市场，搬运工就开始忙碌了，用起早贪黑来形容荷花池市场的人们恰如其分。

孙小美费了好大的力气才打开了卷闸门，一股子汽油味扑鼻而来。汽车排出的尾气，吹拂起地皮上的尘土，使得整个市场灰蒙蒙的。有的卡车开着大灯，有的卡车则开着小灯，尘埃在光簇中纷飞，整个市场就此开始了新一天的运作。搬运工卸货多是带着几分野劲儿，凭借着几分蛮力，二三百斤的货包，用力一耸肩膀，嘭的一声就砸在地上，大概是因为这些布匹不像瓷器一样是易碎品，可以随便处置；也许更是因为只有这用力一耸肩，肩上的重担才能放得下。

孙小美想起第一次跟随那个老乡来到 D 区，只听她对另一位老乡说："老六，这是我们老乡，隆桥驿太平铺的，我们娃儿的老师，想出来闯闯，你先赊点小百货给她做。""哦，老乡，老师？"对方重复了一遍，好像是在问老师为什么不好好教书，跑到荷花池来干什么。孙小美明白了对方的疑惑，马上说："哦，不方便就算了。""不不不！我不是那个意思。我是觉得好奇，如今，人们都在忙着发家致富，连你这个当老师的都下海了，欢迎欢迎！"听了这话，孙小美尴尬地点点头，对方又说，"呃，以后我们的娃娃不就有人辅导了吗？""对呀，老六！孙老师书教得好啊，去年，我娃儿就是不肯转学，原因就是舍不得孙老师。""不不不！教得不好。"孙小美马上谦虚了一番。听到这里，老六马上改口说："没问题，孙老师，我的货，以后你愿拿多少是多少，我永远给你成本价，赚多少都是你的。卖不掉的货，你尽管拿来退给我。"说罢，指着自家摊子上的小百货让她随便挑选，并介绍说，"这种蝴蝶结走得好些，那种星星样式的孩子们用得多些，还有就是那种黑色的发卡，年纪大点的女同志用得比较多……"在老乡的建议下，孙小美选中了七八种，每种要了50只，分成几个小包装。她用一个大蛇皮口袋装着这批货，背到北入口的一个桥头上，在桥上铺一张花布，把各色小商品摆在花布上卖。

这座小桥不足百米长，只有一个圆拱，因为河宽仅仅五六米。桥面宽十二米，中间画了双向机动车道，两边的人行道就只能是人和自行车混用。一段时间以来，这小桥人流如织，成了一个堵车点。正因如此，孙小美觉得这个地方人气旺，应该好做生意。

小美先是把蛇皮口袋折了几折，垫在屁股下坐着等，见无人问津，又听旁边摊位上的人都在吆喝叫卖，自己也站了起来，向过路人兜售："来呀，买小百货啦！各式各样，各个年龄段的都有了，随便挑随便选哦！"孙小美这么一喊，立刻有几个人围了上来，有的拣起蝴蝶结看看，有的拣起小星星瞧瞧。可是，没等一会儿，人就散了。小美正纳闷呢，走过来两个小伙子，一胖一瘦，胖的浓眉大眼，长着满脸的横肉，挺着一个啤酒肚，手里捏着两个山核桃，手臂上戴了一个红箍箍；瘦的长着一副猴子脸，精瘦精瘦的，尖嘴巴，说话时两颗门牙便暴露出来，这时候看，又有点像偷食的耗子。瘦子看人时，眼睛总是斜着，右手臂上有一道两三寸长的刀疤。

"哟哟哟，这是哪里掉下个仙女来，到我地盘上摆摊呢？"那个胖子说。小美不知道他们是啥意思，不敢搭话。另一个瘦子冲小美喊道："说你呢！哪儿来的，在张五哥地头儿上混，这么不懂规矩，你他妈的都不言语一声！"小美不语，只是默默地收拾东西准备走人。

瘦子用一只脚踩着地上的垫布说："他妈的，你还说不得了！在这里摆摊，总要交点摊位费吧？不然的话，有人找你的麻烦，我们可就管不了了。"孙小美听明白了，她惹不起躲得起，收拾完东西，拨开他俩，从二人中间走了出去。

回到学生家长铺子处，小美把刚才的遭遇说了，学生家长说："没事，就那几个混混儿，他不敢招惹我们隆桥驿的人，上回才捶了他狗日的一顿！走，我带你回去，看他敢做个啥子！"说罢，帮她背起货，一起朝那个小桥头走去。

"哪个？刚才是哪个不让摆摊呀！"老乡故意提高嗓门儿喊道。

"是哪个来帮着打抱不平的？让我看看！"

"看就看，哪个怕你吗？隆桥驿艾四娃儿，你去打听打听！"

"哟，还嘴硬，这是市场管委会的张五爷，你晓不晓得？"

"我不管你五爷六爷，反正这个人是艾四娃儿的亲戚，我看你们哪个敢动！"

几个老乡帮腔道："哼！我们几个今天倒要看看你们哪个龟儿子敢去跟那个侦察兵比试比试！"

一听侦察兵，那伙人里面马上就有一个认尿："张……张五爷，我看要不算了，就让这个女的在这里摆下摊，等她赚了钱我们再来收费，赚不了钱就算卵了。"

胖子瞪了瘦子一眼，又看了看小美，最后问那个老乡："她真是艾四娃儿的亲戚？"

"如假包换！不信，你自己去问。"老乡说这话时，底气十足。

晚上，孙小美把白天卖的那些零钱都掏出来，在老乡的布匹上摆着，十元的、五元的、一元的，还有五角、一角，甚至五分的，一共是一百零五块钱，除去成本她能赚五十块钱。赚了这么多钱，孙小美心里美滋滋的。

她先是把钱卷起来，塞进一匹布的中心，但转念一想，不行，睡一觉醒来可能忘了是哪匹布了，再说，万一老乡把布一卖，钱不也随布匹卖掉啦？她又想到藏在当枕头的布匹下面，觉得也不行：半夜起来上厕所，早晨起来洗漱，那钱都脱离了自己的视线，怎么也不放心。想来想去，她在地上找到了一块布条，拿起来吹了吹，又拍了拍，掸净布条上的灰尘，把钱包起来，然后塞进自己的胸罩里，又上下拉扯了两下胸罩，觉得一包东西在乳房上顶着不太舒服，想取出来，再想了想，还是觉得这样保险些，睡起觉来心里更踏实。

孙小美就这样拥着钱睡去。半夜里她做了一个梦，梦见从她胸口上长出了一棵摇钱树，她和钱成躺在摇钱树下，一任飘洒的钞票在他们的头上飞。她对钱成说："这下我们有钱了。你在国外要安心学习，不要为钱发愁。我和女儿都盼着你早日学成归来。"钱成在梦的那头儿说："遵命！夫人。"

清晨四点多钟，大货车的喇叭声又把小美从梦中唤醒，她起来解了一个小手，再躺回去就睡不着了，于是，便把梦中的故事续上，继续往下想，就好像贯通了梦与现实。

早晨起床，老乡开门摆摊，见孙小美满脸的红润，便问："孙老师，昨天生意不错吧？"

"还可以吧！"

"那你可要把钱保管好了，市场上的小偷、飞贼凶得很。"

"是吗？这么凶啊！"小美反问道。

"说起来你别不信，上周三，范三娃两口子上早市，遇到两个骑摩托车的，从背后一下子扯脱他老婆的耳环就跑了，扯得鲜血直流。范三娃不服气，喊了一个摩托车追上去，你猜怎么样？"

"怎么样了？"

"那两个贼拔出匕首，朝着范三娃的大腿就是两刀。好吓人哟！"

"就没办法治他吗？"

"市场那么大，就派出所那几个人咋个管得过来嘛。"

"那咋个办呢？"

"咋个办，还不是得自己小心点。第一，你千万不要露财，挣了钱要放在不起眼的地方，还不能脱离自己的视线；第二呢，尽量不要走夜路，尤其是比较偏僻的小巷巷；这第三嘛，就是万一遇到了不要去硬拼，命比钱要紧，留得青山在不怕没柴烧。"说罢，老乡扔给她一个半新半旧的提包说，"这个包你拿去用，我用了五年没遇到过事。"

"还有，晚上盘点的钱要及时存银行，要是太晚了存不进去，我铺子上有一个保险柜，可借给你用一段时间，我家里还有一个小的。"孙小美连声说谢谢。打这以后，孙小美每天出去得早，收得也早，早早地把钱清点后就放在老乡的保险柜里，出门也专拣人多的地方去，尽量避免夜里行动、单独行动。

一天，老乡开完家长会，就顺便把他的孩子带到了铺子，刚好碰上孙小美收摊回来。"孙老师！孙老师！"小孩一边喊一边奔跑着扑向孙小美的怀抱。孙小美见到她分别多日的学生，两眼一热，目光模糊，激动得说不出话来。她说："来，老师看看，课上到哪里了？成绩好不好呀？"孩子告诉她说："这里的老师没有你教得仔细，他们讲的，我有时听不懂。""来，老师看看，是哪里听不懂啊？老师再给你讲讲。"

离开讲台两个月了，孙小美又重新找回了当教师的那种感觉、那种自豪、那种自信。市场上从此有了读书声，这种声音穿透商贾的嘈杂、顾主之间的讨价还价，穿透铜臭的气息。

"这个字错了，应该这样写。"孙小美指着学生的作业本说。

见孩子还是没有听明白，孙小美转身想去找黑板书写，没找到；又去找纸和笔，可是笔有了却没有纸；她想在地板上给孩子比画一下，却找不到粉笔。最后她找来一些布条，在上面把正确的字书写给孩子看。

从此以后，孙小美总是早早地把摊收了，在市场外面的一个川菜馆吃碗面或是一份炒菜一碗米饭，然后就急忙回到老乡的铺子，等孩子们放学后，她就开始辅导他们。

市场里有人帮忙辅导学生学习的消息不胫而走，隆桥驿的老乡纷纷把孩子送过来补习，嘉州、达州的街坊邻居也都把孩子送来了。孙小美不得不对孩子们进行分班分时段辅导，一年级至六年级分别是星期一至星期六。孙小美感到离家出走后从未有过的充实，仿佛又重新找到了存在感，找到了存在的价值，仿佛自己又重新做回一个真正的老师了。

开始还有人质疑，天底下还有这等好事吗？给孩子补课不收钱。好心的人劝她说："你付出了劳动，应该得到回报，可以适当收点钱。"小美说："教书育人是不能用金钱来衡量的。"也有人看到了商机，向孙小美提出来，他负责办个补习班，她只负责补课，收入四六开，她占大头儿。小美告诉他，教书育人是不能用金钱来衡量的。眼看来补习的孩子越来越多，孙小美就在老乡们的帮助下租了一间房，既做宿舍又做教室用。五六年后，这一波孩子小学毕业，个个成绩都提高了。

六　臭美

对于艾军的这种漠然，孙小美早就习以为常了，她记不清这种漠然是什么时候开始的，是从挣了钱买了房配了车开始的呢，还是从把小小接到身边来上学开始的，抑或是从得知孙小美不能为他生育开始的？总之，这件事情的起因以及这件事情开始的时间节点，就像是一个解不开的谜，在他们二人心里若隐若现地藏着。

在一次大吵大闹之后，二人终于分居了，一人一个房间。再到后来，孙小美做出饭菜，艾军一准儿说不喜欢吃这些，或是已经在外面和朋友吃过了。当然，小美也以同样的方式回敬他，二者都心照不宣。

小小为她妈熬了一锅鸡汤，那只老母鸡是从老家带来的，熬汤用的锅也是从老家带来的老砂锅。制作砂锅的泥土，是老家烂泥湾一块大田里的大黄泥，软糯光洁，做出的砂锅透气、耐火。用这只砂锅熬出的鸡汤有一种乡土芳香，而且丝毫不油腻，因为油脂全都被那些细小的泥土分子吸了去。老家的人说，这种锅用得越久炖东西越香，炖的东西营养也越好。小小盛了半碗拿到卧室里，说："妈，鸡汤来了，你最爱喝的老母鸡汤。"小美从女儿手中接过汤说："明天你还是赶紧回学校去吧，不要刚上大学就挂科，回去把这两天落下的课好好补一补，妈才能够放得下心。听见没有？"听见啦！不过，您怎么也得让您这个学医的女儿明天替你看完复查报告再回学校吧？""大了就知道同你妈贫嘴！"小美说这句话时，责怪好像也变成骄傲了似的。

孙小美拿起调羹盛了一口汤，放到唇边尝了一下，对女儿说："现在还有点烫，先放一下，等会儿喝完了我自己拿回厨房去。"小小顺口应了声好，便出去了。

小美放下碗，打开电视，调到央视十套。这些年她一直保持着对科学教育类节目的喜爱，像是不甘心放弃自己当年选择的事业一样，当然也还有不甘在知识方面落后于钱成的意思。为此，她保持着学习的习惯。

刚看了没几分钟，她便睡着了。冥冥之中，看见外婆朝她走来，自己也向外婆走过去，眼看就要见面了，那间屋却突然变得狭长狭长的，而且还一直在延伸，自己总也走不到头。外婆喊着她的名字，她提高嗓门答应道："呃呃呃！"小小跑进来，问："妈，你喊我？"小美被女儿喊醒了，恍惚地打量了一下自己的卧室，回过神来后说："我梦见你太婆了。"小小感到有点莫名其妙，安慰道："妈，您不要太紧张了。""你休息去吧，妈不紧张，没有啥子。"

打发走了小小，孙小美起床下地，踩了踩脚下的地板，像是从缥缈的天上回到了人间。她来到客厅，觉得客厅的那截儿走廊好长好长，就像刚才在梦里见到的一样，她走了好久好久，才回到了自己的房间。她打开盥洗间的灯，又打开镜前灯，想要给自己补个妆。多年来，她一直保持着这样一个习惯，不论多忙，不论多不高兴，总是要把自己收拾得利利落落，只有这样才能对得起自己，特别是对得起上天赏给自己的这一张乖巧的脸。当然，小美这样做，也有掩饰自己心虚的成分，她总担心钱成已经把他甩了十万八千里。

看着镜中的自己，擦掉脸上的粉底，小美觉得自己瘦了，瓜子脸的下巴变得又尖又小，眉骨高高突出，眼睛也凹了下去。她放了一盆温水，用洗面奶洗脸。这种洗面奶是中性的，不带酸碱度。于是，小美的脸露出了原本的肤色，白净里透着一丁点红润，红润里又透着一丝不易被人觉察的苍白。她用双手在自己的脸上轻轻地拍打了一阵儿，又按照美容店里那些小女生做面部美容的手法，自上而下，又自下而上，来来回回地揉捏了一通。这样揉捏了一阵，小美觉得心情好多了。于是，她先给自己的脸铺上一层粉底，然后又用食指轻轻在化妆盒里挑上一小块面乳，先在两只手掌里把它揉匀，再轻轻地搽在脸上，然后轻轻地把它揉开去，使粉底、面乳和肤色融为一体。

做完这一道程序之后，孙小美又从化妆盒里取出来一支眉笔，习惯性地在左手掌上轻轻地试了一下，是暗褐色的，黑色中透着一种淡淡的血红；然后，她又取出来一支纯黑色的，在前面的基础上再描一次，像是要刻意强调一下自己的眉毛有多美。小美继续往下画。她把自己的双唇对着镜子翘了一下，再拿出笔来，先勾勒出上下两条唇线，像是两道微微泛起的波纹，然后再抹红。艾军喜欢她抹桃色口红，红润里透着热烈与光泽。艾军还说，她的那张樱桃嘴，能够激发他的斗志。想到这些，小美脸上露出了一丝久违的慰藉。她禁不住自己骂了自己一句：臭美！

孙小美忽然觉得有点内急。她最近两周老是想上厕所，这两天越来越没有规律，像是拉肚子，又不像，在药店买了些黄连素吃了也不见效。她偶尔感冒，也总是不见好转。上次搬东西，她的腿上碰破了皮，伤口老是不愈合。孙小美不知道，这些状态加起来，叫作免疫力下降。

孙小美就这样忐忑不安地在等待中度过了一天一夜。

七　结果不妙

　　孙小美从梦里醒来，大约是清晨五点三十分。她微微地挣扎了一下，坐起身子，倚在床头，又轻轻地揉一揉惺忪的睡眼，好像刚从另一个时空穿越回现实。小美觉得身上有一点点凉意，其实这寒由心生，昨晚上她在梦里又一次梦到了她的外婆。她双手合十，心里默念，外婆外婆，你一定要保佑我，保佑外孙女平安，改天我多给你烧（捎）点钱过来，小美现在有钱了。

　　同往常一样，孙小美洗漱完毕后，仔仔细细地梳妆打扮了一番。这样一来，从外表上看，她同往日没有两样。梳妆完毕后，她又在镜子里仔细端详了一下自己，似乎闻到了一股香气，像栀子花的味道。她自己也蒙了，不知道香气是从自己身上出来的呢，还是从镜子里头跑出来的。很快地，这种愉悦又消失了，她想起医院里的那种味道，人一走进去，很快就被那种气息包围，身体里的这点香味瞬间便被秒杀，取而代之的是来苏水的味道、碘伏酒精的味道，还有各色病患身上、嘴里散发出来的异味，还有哎呀哎呀的呻吟声，好像就是从这些味道里生长出来的一样。

　　"小小，妈上医院去了，你先回学校吧！"孙小美敲了两下女儿房间的门，冲里面喊道。

"妈，等等我！"小小把门打开，也早早地起了床。小小用凉水洗了一把脸，双手拍了拍小脸蛋，急急忙忙地用梳子理了几下头发，就跟妈妈一起出了门。两人一个浓妆一个淡抹，不管怎样，都是得体的。

　　"妈，今天是去拿结果，不用这么着急，我们先去吃点东西吧。"

　　"要吃你吃，妈不饿。"

　　"妈，别老是那么紧张，我给你说，没事的。"

　　"没事更好！"

　　"那我们先吃点东西？"

　　"妈真的不饿。要不你先去吃点东西，妈等你。"

　　"那我也不吃，等取了报告再一块儿吃吧。"小小回答说。

　　母女俩一边说，一边向西蜀医院走去。这时刚好八点三十分，检验科的值班医生把头一天的检验报告整理出来，叫值班主任签了字，放在一个塑料篮子里，然后将篮子搁在柜台上。那里已经聚集了好多人，相互拥挤着，急匆匆在篮子里翻找写着自己名字的报告。小小和妈妈好不容易挤进去，拿单子出来比对，最终只找到一份报告。小小探头问里面的医生，医生说："没得就是还没有出报告，有的化验需要的时间长，这很正常。"对，小小忽然想起化验是这样的，有的化验需要的时间更长，比如检验甲胎蛋白需要的时间就比检验血常规更长，这很正常。

　　"妈，你看，这头一张报告单不是没事吗？走，我们先吃早饭吧。""你先去吃，妈在这儿等着。"小小拗不过妈妈，只好陪妈妈一起在这里等。等报告单的时候，小小给妈妈讲刚刚在学校里学到的医学知识，重点讲解了近两年医学界对癌症的新认识，讲人们攻克癌症的乐观前景，就像当年治疗肺痨一样，如履平地。

母女俩熬到中午一点多钟的时候，终于商量好一起去吃饭。来到快餐店，小小要了一份辣子鸡块、一份饭、一个番茄汤；孙小美要了一份扬州炒饭、一个紫菜蛋花汤。小美吃了几口，就又放下了。下午两点钟，她们取到第二份化验单。小小定睛一看，甲胎蛋白264，与体检结果基本上吻合。孙小美的心里咯噔一下，脸色一下子变得惨白，心想，这癌症算是缠上自己了。

小小急忙向妈妈解释，这离诊断上下结论的400还差得远呢，叫她不用紧张，而且其他许多原因也能引起甲胎蛋白升高。总之，不一定就是肝癌。还有，即便是肝癌，只要发现及时，现在人们治疗它的办法也很多。

"可妈等不起呀！我女儿还没有毕业，毕了业还要找工作，还要谈朋友，没有妈妈的庇护怎么行啊！"孙小美打断了女儿的介绍。

"妈！别那么悲观。"小小说罢扑向妈妈的怀抱，母女俩抱在一起哭了起来。

哭了一会儿，小小突然想起应该去找个医生问问。来到检验科，小小把报告递进窗口，一个老医生给他们看了一下报告，小小补充说前天体检的结果跟这个差不多。医生说："如果两次结果都一样，应该要考虑肝脏病变的可能性。不过，小姑娘，你先别着急，建议你们去肝胆科，看医生怎么说。"小小带着妈妈来到肝胆科，被护士挡住了：没有挂号今天看不了。不管小小怎么解释，护士仍然说，来到这里看病的都是病人，都着急，正因为如此，大家都要讲秩序。

"小姐姐是哪个学校毕业的？"小小问道。

"这个跟你们看病有什么关系吗？"护士回答。

"不不不，你误会了，我是说我也是学医的。"小小和护士套近乎。护士的态度缓和了一点说："哦，是同行呀，我去年才毕业，是蜀西毕业的。"

"嗯，我也是，那我们是校友哦！"小小接着说，"那我该喊你一声师姐了。"

"师姐不敢当，只不过多吃了几天专业饭而已。"护士不无骄傲地说道。小小一看有门儿，又用哀求的口吻说道："师姐，麻烦你帮我想想办法吧，我妈检查出了问题，她都快急死了！师姐！"

"这个……呃……办法是有，只是不知道医生愿意不愿意。"说罢，护士打开电脑屏幕查找了一遍，看每个坐诊医生的号都满了，又看了看加号，加号也满了，这才反应过来已经是快下班的点儿了。

"小师妹，不行呀，你自己来看，连加号都满了。我也没有啥子办法了。"

"哎呀，求你了，师姐，我们会一辈子念你的好！师姐，再给我想想办法吧！我明天就要回学校了，可是我妈的病还没有查出来。"

"别急别急，小师妹，我进去帮你问问医生。"看到小小快急哭了，护士心肠一软，从小小手里接过化验报告，到里面找到一个慈眉善目肯帮忙的老医生。老医生说："这个人多半是有问题。"他调出电脑上的号看了看，"哎哟，我明天的号也满了。这是你什么人呀？"

"教授，是我一个朋友的母亲。"教授随手扯了一张便条，在上面写了一个"加1号"，递给护士。"谢谢教授！我替朋友多谢您了。"护士走出门诊室回到护士站，小小急忙凑上去问道:"怎么样了?师姐。"护士故意卖了一个关子说:"哎呀,号紧得很,不好搞得很!"小小听后眼泪一下子滚了下来。"别急,别急呀,小师妹,我话还没有说完呢。"小小一下子收住眼泪,听护士继续说道,"给你争取到了明天的一个加号,是卢教授的!"

"谢谢啦!谢谢师姐,改天我请你吃饭。"小小知道,知名专家号有时要排队两三个月。小小又接连说了几个"谢谢师姐",打心眼儿里感激她。

"快别谢了!赶紧带着你妈回去好好歇歇,明天早点来,明天我还是值白班。"护士说。

"记住,明天别吃早饭,怕医生给你开检查,不能吃东西的。"护士补充一句。

小小心里明白,继续做各种检查是必然的,只有这样才能排除各种可能,找到真正的病因。

八 电梯邂逅

孙小美好不容易说服了小小，让她晚上回学校。

第二天早上，孙小美早早地赶上早班公交车，又转了两次车，顺利地来到了西蜀医院。太早了，医院大门还未开。她只好穿过两条小巷子，来到锦江边溜达。起了个大早，小美心里老大不愿意，她心里有事，心里火急火燎的，恨不得一下子把所有问题都搞清楚，尽快把病症的元凶揪出来，灭了！

转了一圈回来，医院大门已经开了，小美踮起脚向前放眼望去，只见人头攒动。她心里嘀咕，这上医院看病怎么也和老家逢场天一样呀。孙小美觉得，这里每个人都是行色匆匆，心事重重的，这种情绪又相互传递和感染，使得气氛沉重有余，活力不足。

孙小美几乎是挨着前面人的脚后跟挤进了门诊大厅。左边的十个挂号窗口已经排起了长龙，快要把大厅的路堵死了。对面的便民诊室排了两条长队，这里只开药不问诊，主要解决那些慢性病老病号挂号难、排队难的问题，也可以节省医疗资源，让专家和医生多给几个病人看病。大厅正对着的是护士服务站，提供各种问题的咨询，不知道怎么挂号的、办理门诊卡的，可以找护士服务站。

孙小美向左前方的电梯门走过去。电梯口又排起了长队，四部电梯供病人和病人家属使用，侧面还有一部手术专用电梯，此外，还有一部医务人员专用电梯。前面开了两趟，孙小美都没有轮上，第三趟电梯来了，孙小美几乎是跳进了电梯，被挤到了最里头，动弹不得，她只好冲门口的人喊了一声："劳驾，请帮忙按一下13楼，谢谢！"站在门口的人帮忙按了两下，旁边的人说："这部电梯只停双层，只有在双层下了自己走上去。"旁边另一个人又说："楼层门是锁住的。"孙小美无奈，只好重新回到一楼大厅。

刚出电梯门，就来了一部单层停的电梯，孙小美顺便向右边靠了一步，准备朝里走，被后面的人喊住了："哎！排队排队！美女，你怎么插队呢？"孙小美申辩了一下："我排了队的，刚才上错了电梯。""那也不行！"后面的几个人都急了，喊道。旁边一位戴眼镜的长者说："妹妹，后面的人不同意，你得重新去排一次队，要不了多久的。"孙小美只好站到3号电梯队列的最后。孙小美一点一点地向前挪动，十来分钟后，终于轮到孙小美上电梯了。她最后一个上，侧着身，伸手去按了一个写着13的按钮，电梯门咣当一声关了。

可是，电梯没走，门又打开了，外面挤进来一个穿白大褂的医生和一个中年男人，医生一边挤一边说："对不起，挤一下，领导上去有事情。"医院的电梯都比较大，可乘坐16个人，满载的时候人挤人。这个巴掌大小的地方却是一个不折不扣的公共场所，不管你有钱没钱，也不管你学问高低，男女老少，都挤作一团，人与人之间没有了距离。

电梯里面的味道太难闻了，来苏水、汗臭味、口臭味，还有香水味，混合成一股令人作呕的气息，加上来医院的这些人不是病人就是病人的家属，谁都没有好心情，孙小美不得不做了一个深呼吸来放松情绪。

由于太挤了，同医生一起进来的那个男的只好侧着身子，与孙小美面对面地站着。孙小美额前的头发正好在那人的鼻孔处，一股栀子花的芬芳诱使他的鼻子抽动了两下。一股湿热的气息袭来，孙小美本能地抬头仰望了对方一眼。两人的目光正好相遇了，孙小美心里一惊，对自己说，哎呀，羞死人了。眼前这个男人大概是四十五岁的样子，方圆脸、双眼皮、额头宽，头发是随意的，看上去有点像一个领导，面目倒是友善，只是目光里有一丝忧郁。小美想，兴许，他也是来看病的。

出了电梯，医生便带着那个男的从医务人员的通道直接进入医生办公区。孙小美来到护士站，出示了昨天教授给她开的加号，并说是昨天的那位医生说好的。护士反问："哪个医生？"孙小美说："就是你们这儿的。"护士说："你是说我们护士站的同事吗？""对对对！"小美顺着应道。"哦，我们这里医生是医生，护士是护士，二者是不一样的，是不能混淆的。"护士接着说道，"教授忙得很，像你这种加号必须等正号看完了才轮得到，不过，教授的加号也是很少的。你先在旁边坐着等一下，到时我们通知你，你再进候诊区。"

好不容易等到了上午十一点钟，孙小美听见护士喊："卢教授加号请到诊室候诊。"孙小美应了一声，向护士出示了加号，从护士站用绳子牵成的小门进入，来到了卢教授的诊室。她轻轻地推门进去，看见教授周围站了一圈人，有两个人穿便装，其他的人都穿着白大褂。里面的值班护士走过来，把孙小美堵在门口说："稍稍等一下，教授正在会诊。"孙小美只好退回来在门口的边凳上坐着等。大约又过了十分钟，教授忽然问助手：

"外面还有病人没有？"值班护士这才把孙小美让进诊室。这次孙小美看清楚了，里面的人就是电梯里同她面对面站着的那个人，莫非他也有问题？

卢教授说："从医学的角度看，引起甲胎蛋白增高的原因很多，除了肝上的病变以外，男性的睾丸炎、女性的卵巢囊肿，还有其他的一些原因，也有可能引起甲胎蛋白升高。一般认为超过了400才考虑肝癌方面的问题。你不要着急，我们多组织些专家再会诊一下，实在不行就住几天院，全面筛查一次。还有，你伴有'三高'，不是什么好事，要引起重视，血脂、血糖、血压都反映肝脏的健康状况。"教授一边说，一边指着他办公桌上的几幅肝脏的图片给那男的解释。

"教授，还有一个加号。"助手提醒道。"哦，来吧，好像是昨天下午那个吧。你也是体检查出来的问题？"

"对，医生。我一向有点怕油，脸黄，近段时间老闹肚子，遇上感冒什么的，老也好不了。"

"哦，我看看你的复查结果。"卢教授一边看一边说，"哦，你们俩的情况差不多，看来，得做进一步筛查。"

教授指挥助手，给孙小美开了一个住院检查的单子。

走出门诊室，孙小美禁不住主动与那男的搭讪道："同志，你也是甲胎蛋白高？""哦，有些高。"男的说，"我是体检出来的，都260了，也不知道啥原因。你呢？"孙小美："我也差不多吧。"男的应答道："你也不用太着急，甲胎蛋白高有多种原因。就算是查出来什么问题，早发现，早治疗，也不用太担心，现在医学技术多发达啊！""是是是！"孙小美立即应和。

走出西蜀医院大门，孙小美的心情很复杂，这个与肝癌沾边的指标这么高，肯定是一件令人担忧的事情。好在遇到了这么一个好教授、好医生，有他在，自己心里就踏实多了。今天遇到的这个医生都称他领导的男人，他也遇到了同样的问题，孙小美有一种摆脱了孤单的感觉。不知咋的，她竟然莫名其妙地觉得，有那个男人在，她一点也不害怕。

九　同病相怜

　　肖文武来到住院部，卢教授为他开了住院单，交到护士站，值班的护士长说："领导，你就回去等通知吧。一旦有空出来的床位，我们就通知你。不过，现在床位实在是有点紧。"

　　孙小美到了护士站，得到同样的答复。孙小美一听，头都大了。她闷闷不乐地走出了住院部大楼。

　　走出住院部，肖文武立即掏出手机给另一位医生朋友打电话。这是他老家的一个同学。一听说肖文武身体出了这么大的问题，同学也着急了，在电话那头说："如果确诊是那方面的问题，必须数以天计，越快越好！"

　　"数以天计，数以天计！"肖文武心里反反复复掂量着同学的这两句话。他开始还觉得没有他说得那么悬，但上网搜索了一阵之后，对肝癌的产生、发展和危害有了一个初步的了解，肖文武的后背就出了冷汗，他有了一种世界末日的感觉，他马上就觉得内急，想上厕所。

　　孙小美乘坐 8 路公交车，转 21 路，再转 16 路，历经一个多小时才回到铺子。她无心打理生意上的事情，只是向她表妹交代了几句，便独自一人走回家了。她一屁股坐在沙发上对着天花板上的吊灯发愣。吊灯是她亲自挑选的，像一朵倒挂的荷花，电灯泡一通电，它就像是开在花瓣中的花蕊。当时选这盏灯的理由，孙小美还清楚地记得，圣洁、清心，出淤泥而不染。吊灯挂上去以后也确实起到了买它时想获得的效果，遇有什么烦心事，小美总爱凝视它一会儿，然后获得一种豁然开朗的感觉。今天似乎不灵验了，孙小美在那里呆呆地坐着，直到下午两点，她表妹回家取发票，她脸上还挂着泪珠。表妹喊她："姐，你在那里发什么呆呀！发票用完了，你放在哪里了？"孙小美猛然回过神来说："发票用完了？我锁了的，马上给你取。"说罢，孙小美往起一站，眼前一阵眩晕。表妹急忙扶着她问："姐，你没事吧？""没事，可能是饿晕了。"孙小美有气无力地回答表妹后，才想起来早餐和午餐两顿饭她都没吃。

"姐，你等一下，我去给你弄点吃的。"表妹打开电热水壶，烧了一壶开水，调了一包莲子藕粉羹，加了一点糖，给孙小美端上来。平日里，小美经常拿这个当早餐，一是快捷方便，二是营养健康。这个吃了不容易长胖，还有那么一点点美容功效。

孙小美拿出钥匙，打开柜子，替表妹取出一本增值税发票。平时，小事她都由着他们，像发票这样重要的东西，她自己还是抓在手上的。

表妹走后，她吃了两调羹，觉得乏味，就把藕粉羹连碗带调羹放在茶几上了。

孙小美好不容易熬到了下午，估计小小已经下课，便拨通了小小的电话。小小在电话里听妈妈给她讲排队住院的事，第一反应是不能等，她心里也清楚等待意味着什么。癌细胞的生长繁殖速度是惊人的，治疗首先是要同病魔争分夺秒抢时间。等两三个月下来，就等于农人错过一个季节，而这么一个季节里面又隐藏着无数个时机，每一个都可能关系到妈妈的性命。

小小放下电话，向辅导员请了假，跑回家了。

母女俩讨论来讨论去，实在想不出什么更好的入院办法。孙小美忽然问小小："都说没有床位，咋个我出住院部大楼的时候，有两三个油头滑脑的人追着我问要不要床位？""当真有这种事？"小小反问了一句。"不是当真的，哪个还哄你吗？"

小小说："不如明天我们去试试。"

"那他要收好多钱呢。"孙小美又问。

"我也不知道，社会上管这种人叫'串串儿'，他们里应外合，把床位占下来后转手倒卖，也有人早晨很早就来排队拿号，再把票卖掉，赚点辛苦钱。"

孙小美到卫生间草草洗漱了一下，补了一个淡妆，进了小小的房间。母女俩龙门阵摆到了三更天，才相互依偎着躺下睡去。

第二天一早，二人按照晚上商量好的，来到西蜀医院门口找"串串儿"。母女俩往门口一站，马上就有两个人凑上来问："美女，是挂专家号还是要住院号？"小小反问道："肝胆外科的住院号有没有？"

"有有有！你要几个？"孙小美心里骂道，撞你妈个鬼，一个都嫌多，还问要几个。于是，怼了那人一句："怎么说话的，这不是咒别人吗！"

"哟，对不起，美女，口误口误，你们不要就算了。"那人讨了个没趣走了。孙小美心里老大不高兴，觉得沾了秽气。

"妈，那两个人咋个晓得我们要住院的哟？"小小问。孙小美应道："你真是个傻丫头，俗话说人逢喜事精神爽，这人呀，遇到倒霉的事也一样会写在脸上。他们还不是看到我们母女俩一脸愁容的样子，猜出来的。""哦，当'串串儿'也懂得心理学哇！""那他倒也没有那么高，只不过会察言观色罢了。"小小又说："妈，要不我们就买一个住院号算了。""要得，要不就找刚刚那两个人问一下。"

"美女，怎么又转回来了？想通了？"小小没有正面回答，只是问："你那个住院号，多少钱一个？"

"好多钱一个，看你做啥子。这看专家号 200 元一个，住院单 400 元一张。"

"我要一张住院单。"

"住院单，刚才本来是 400 元一张，可你刚才不要，现在随行就市我涨价到 600 元了！你爱要不要！"

"你这人怎么这样呢，这不是乘人之危吗？走，小小，我们不要了！"眼看生意要黄，另一个小伙子出来打圆场："哎呀，算了算了，400 元就 400 元，卖给她们，只当做好事。"小小她们就买了。一路上，母女二人心里还一直在犯嘀咕，这到底好不好使，万一其中有诈怎么办呢？

来到护士站，二人把住院单一亮，值班护士还真就接了。其中一个叫来护士长，护士长看了看她母女俩，说："这不是昨天刚开过来的吗？"等了一会儿护士长又说道，"你们这是个加号，只能安排加床，我先看看往哪里加。"

"谢谢啊，师姐！"小小嘴巴甜甜地说了句。

"哟，你是同行？"

"嗯，我在医学院学医，刚大一。"护士长哦了一声，语气变缓了些，说："其实，这加不加的都一样，只要我们收了你进来，这安排检查、治疗、手术等都是一视同仁，也就是说，你的治疗就排上日程了，这总比你等上一两个月强嘛！"这时，小小又连说了两声谢谢。

护士长向旁边的一个护士说："你看看哪个病房还可以加床。"

"没有了，大一点的六号、七号病房都加了两个床了。再加，打点滴的小车都推不进去了。"

"哦，那不行，床加太多了会影响内务卫生，护理部查到了要挨剋的。"

小小说："哎呀，求求你师姐，替我妈想想办法吧！"孙小美看到孩子长大了，可以担起事了，心里感到了一丝慰藉，像是干渴的心田，迎来了一阵春雨。

护士长见小小可怜兮兮的样子，于是又吩咐护士："这样，这个病人的情况比较着急，你先给她在走廊上加个床，直接编一个加号，只要不搞混就行了。"这样，孙小美就被安排在走廊上住了下来，嘴里嘟嘟囔囔的："花400元，还只买到一个过道上的床位。"小小拽了拽妈妈的胳膊说："妈，算是不错了，知足吧！"

刚在床边坐稳，两个实习护士就过来说："加8号，入院体检。"于是，血压、病史，这些基础情况都写进了孙小美的第一张病历里。

护士长急匆匆走过来问了一下情况，说了句："没办法，病人太多了，你们先将就一下。"这时，护士长听见护士站的护士喊："护士长，又来了一个加号，院办开过来的。"

原来，肖文武的病也挺着急的，他回单位一说，大伙儿都急了，于是，单位出面找到西蜀医院，办加号住进了医院。人是到了住院部，可同样没病房住，护士长不得不一遍又一遍地给肖文武解释。肖文武看到病房都住得满满当当的，只好说："没关系，加床也行。"紧挨着孙小美的床，护士又加了一张床在过道上，还贴上一个床号：加9。

　　"加9床，肖文武，住院体检！"护士这么一喊，等于告诉了孙小美"隔壁邻居"姓甚名谁，再看床头上的挂牌，便知道了他俩由同一个主治医生和护士长管辖。

十　区别对待

一个中年医生带着两个实习生朝过道走过来。其中一个实习生告诉他说："冯医生，加8和加9都是才收进来的，卢教授的病人。"

"是吗？公费还是私费？"冯医生问。

"一公一私。"实习生回答。

"什么问题？"

"两个情况差不多，都是体检发现的问题，目前考虑是肝脏方面的病变。"

"复查没有？"

"查了，刚才把电脑资料调出来看了一下，症结不明显。"

冯医生说："那就接着查，扩大筛查范围。"

冯医生边说边向实习生下医嘱："加9号肖文武，查生化、血常规全套，主要是肝肾功能、血糖血脂，外加一个全腹彩超、一个增强 CT。"

"师父，有的项目这个病人前两天刚查过。"实习生回答说。

"查过再查。有可能上次没有查准，所以要多查几次。"冯医生边说边带实习生走回医生值班室。进了办公室，冯医生压低嗓门又对两个实习生说："你们记住，这公费医疗呢，报销比例高，多数是公家出，个人掏得少，所以，你多给他开点，病人一般不会提意见。这私费呢，是个人掏钱，病人盯得紧，你把检查单开多了人家就会提意见，还有可能要告你。"

"那我们何不都少开点呢？"实习生还是没太听明白。

"我说你是真不明白呢，还是装不明白？"冯医生有点不耐烦地说，"都不开单子，到月底科室的绩效怎么办？"

在冯医生这种思想的指导下，肖文武又被开了一套复查项目，在原来的基础上又多花了好几百块钱。

来到彩超室，刘主任说："这个人上周不是刚来过吗？这住院部怎么搞的，又开个彩超。"助手说："刘主任，算了，兴许是他们搞错了，兴许是觉得上次检查的结果不可靠。""不可靠？那他们来嘛，他们那是瞎搞，我敢对我的检查结果负责任。"

"刘主任，我们还是照顾一下科室之间的关系吧。这个冯医生开的单子总是比别人要多些，不管病人是不是做过检查的，在哪里检查的，一住进去，他都给别人开全套检查。"

"哪个冯医生？他再这样瞎搞我到院务部告他！上次院里专门定了规矩的，只要是正规医院的检查结果原则上都应该承认，何况是我们本院的检查结果呢！"过了一会儿，刘主任接着说，"哼！往轻里说他那是搞本位主义，不相信科学只相信自己，也不尊重别人；往重里说，那是医德出了问题，走偏了。毛主席他老人家教导我们，要救死扶伤，搞革命的人道主义。他倒好，钻钱眼儿里了！"

听他们这样议论，肖文武知道自己是被住院部的冯医生开了大处方了，从刚才刘主任与助手的对话中肖文武还听出来，自己的问题基本上是锁定了，跑不脱了。难道癌症真的就沾上自己了？他心里掠过一丝不祥感。他也想发作，可想想自己现在是人家的病号，归人家管着，只好忍了。

这肖文武何许人也？省行业风气专项治理办公室副主任是也。浓眉大眼，国字脸，一米七六的个头儿，看上去仪表堂堂，走起路来腰杆挺得倍儿直，明眼人一看便知道他是当过兵的，他是部队转业。按他平时的性格，遇到这样的事情，他早就打燃火了！

有一次，他在大街上看到几个城管驱赶一个卖菜的老大爷，那伙儿人想没收老人的秤和菜，老人拔腿就跑。城管骑上电瓶车去追。老人摔了一跤，膝盖上磨出了血。肖文武走过去，一把揪住一个胖子的衣领，命令道："你给我把老人扶起来！"这一揪不得了：谁敢揪城管？另外几个人围过来，嘴里喊着："你敢打城管？"眼看事态就要扩大，肖文武心想，不好，这样容易引发群体事件。他从裤兜里掏出来一个本，冲那几个人喊道："看好了，省纠办肖文武，我今天就是要当众纠你的风！"

"干啥干啥！"巡逻警察过来一看，扶起老人，喊，"其他人都散了！"又把他们都喊到附近派出所去解决问题。肖文武严肃批评他们这样执法会在群众中造成恶劣影响，责令他们赔偿老人的医药费。然后，肖文武又对老人说："大爷，我也要说你两句，替我们城管说句公道话，如果人人都像你那样到处摆摊设点，占道经营，那这个城市不就乱了吗？"肖文武转身又问城管队长，"像他这种情况应该怎样处罚？""罚款 50 元至 500 元，重则没收东西。"队长回答。

"东西就别收了，罚款我替他交了。"肖文武说着便从上衣兜里掏了钱递给队长。

肖文武又对几个城管说："这事得分两面说，老人家违反城市管理规定是不对，你们管他是对的，但管的方式方法不对。

老人摔伤了，你们要负责医药费，还要向老人道歉。"

"是是是！"城管队长带头掏钱，四个人凑了200元，递到老人手里。

派出所所长一看，说："得！处理很圆满，我就不多说了。"

肖文武挨了两次饿之后，得到一个检查结果：原发性肝癌。

孙小美的检查要复杂得多。这是第三次检查了，检查结果同上两次一样，甲胎蛋白还是200多，还有少量增长，转氨酶也居高不下，关键是找不到原因。

卢教授喊来了助手冯医生，对他说："加8床不是上了一个增强CT、肿瘤标志物全套吗？我倒要看看，这鬼它怎么就不现形。"

孙小美一看医嘱，检查费用增加了两千多元，急忙找来护士问原因，护士说："我们都是遵医嘱的，我们也不知道为什么，反正诊断不明的，就要做进一步检查，直到搞清楚问题为止。"小小在一旁用略带埋怨的口气说："妈，为了查清问题花再多钱我们都愿意，再说了，家里又不是交不起这点钱。"停了一下，小小又对护士说，"没事儿，该做什么检查就做什么检查。"

孙小美对女儿说："小小，妈的意思是我现在又没有啥子问题，整天待在医院里，不但挣不到钱，还要花钱，我心里着急啊！"

"妈，钱比起你的命哪个重要？我宁愿不要挣那么多钱，也要你好好的。"

"小小，又来了，我这不是好好的嘛！"

第三天早上，孙小美又被护工带着去检查。

到了检验科，医生说要查指尖血，孙小美心里一紧，露出一副不情愿的样子，但为了查准问题，又不得不按医生说的做。医生一把抓过她的无名指，在上面涂抹了一层碘伏，又擦了一遍酒精，咔嚓一声，按了一下采血针，一滴鲜血从指尖上冒了出来，医生用力一挤，孙小美"哎哟"一声叫起来。医生把采血工具在指尖上一刮，采血完成了。医生说："好了，一周后拿结果。"

孙小美又来到CT室排号，又刚好约了一周时间。

回到住院部，护士说："加8、加9床，13号病房腾了两个床位出来，正好你们两个搬进去，长期住走廊是不允许的。"

肖文武搬到了43床，医生吩咐，近日准备手术。

"肖文武，肖文武家属签字！"喊了两声肖文武，没有人搭理她，护士走到床头，看了看床头上的登记牌，"哎，你就是肖文武，家属呢？也不应一声。""没家属就不能做手术了？""同志，做手术是一件非常严肃的事情，手术都有风险，必须征得病人和家属同意。"肖文武回应说："我咋听着有点像立生死状呢？没家属，本人签字算不算数？"护士回答："最好是家属签，手术、麻醉加起来要签好几道呢，老婆、孩子、父母或是家里亲属都可以的。"肖文武无奈，只好说："好吧，那我叫他们来一下。"

"你的问题查清啦？"孙小美细声细气地问肖文武，也没指望对方一定会回应她。没想到肖文武非常坦然地回答："基本上弄清楚了，这不，在肝右叶发现了疑点，怀疑肝癌。""不会吧，是不是他们搞错了呢？"

"人吃五谷杂粮，生百病，这是大自然特定的法则，谁也别想逃得脱，只是轻重缓急，是生是死，还得讲点运气好坏。"肖文武说。

"那，我祝你好运！"孙小美道。

"最终结果要手术后把取出来的东西做了活检才晓得。"

"不会有事的，我看你那么乐观，精神又好，不像我们这些人，没见过啥子世面，经不起事。"

"没事，你把心放宽些，不会有什么事的。"

同病相怜，相互安慰，这算是孙小美和肖文武的第一次交流。

孙小美搬到了 42 床，可她既等得揪心，又闲得无聊，心一直悬着。于是，她便向医生谎称有事，请假回家做她的生意去了。

走时，她想用力将手腕上戴的一个胶皮环扯掉，被护士制止了。这胶皮环上面写着病人的住院日期、科室等信息，孙小美觉得戴着它不好看。往后的日子里，孙小美才发现，那个胶皮环的作用还真不小，无论是开刀、打针、吃药，医生护士通过它确认病人身份。病人戴着它也是一种约束，它随时随地提醒你：别忘了自己是一个病人。

十一　大病房的味道

大病房那种味道，怪怪的，酸酸的，说不清道不明，让孙小美受不了。

大病房面积约 20 平方米，正对着门口的是三扇大玻璃窗，玻璃窗只在外边下方分别开了两个 30 厘米宽、50 厘米高的副窗，副窗只打开了一个 20 度角的缝，供病房通风用。副窗绝对钻不出去一个人，这是为了病人的安全。在进门处的两侧各摆了三张床，床与床之间有七八十厘米的距离，中间摆着一个床头柜，供病人平时放东西，也供医生护士放仪器设备用。每个床对应的天花板上，都装有一组椭圆形的滑轮轨道，轨道下吊着布帘。布帘一拉，每个床位就是一个独立的小居室，这是为了保护病人的隐私。

孙小美的 42 床正好是在两个床中间，她的左边是 41 床，住着一个老人；右手边是 43 床，住着肖文武。肖文武的右边就是那面大窗户，窗沿大约有 20 厘米宽，可以放点水杯、鲜花什么的。

孙小美取出消毒纸巾，把整个床边、床头床尾、床头柜都擦了一遍，刚刚把化妆盒放在床头柜上，一个清洁工拿着拖把过来了，用拖把顶了一下孙小美的脚说："喂！美女，挪一下。"

孙小美只好站到床尾去。清洁工把拖把往她床边一靠，从一个小塑料桶里拧出一块抹布，抓起她放在床头柜上的杯子、化妆盒，把床头柜又擦了一遍。"呃……我才用消毒纸巾擦干净了的。"孙小美说。清洁工不理孙小美，继续她的操作，接着又把孙小美擦过的床边又彻头彻尾地擦了一遍，完了说："美女，这是我的工作。这用的全是标准的消毒液，比你那个卫生。"孙小美无语，只好眼看着她又把拖把拖到了右手边，就是她和肖文武的床位相邻的那个区间。

一股浓烈的来苏水味道顿时弥漫开来。

这边刚走，对面45床喊开了："大姐快点！我爸要上厕所了。"清洁工答应着，急忙到床下去抓便盆，同病人家属一起将病人的屁股抬起来，将便盆放到病人的屁股下面去。这时，被子已掀起来，一股被严严实实捂在被子里的臭味趁机钻到空气中来。孙小美一阵恶心，差点儿吐出来。肖文武见了，顺口说了句："没办法，病房本身就是一个公共场所，忍着点，适应了就好了。"

正在这时，隔壁41床又喊开了："医生，41床换吊瓶！""来了来了！"护士一边回答一边跑过来，"哎哟，不好，病人回血了！"护士麻利地把吊瓶挂上，液体重新顺流起来，血重新回到人体里去。

护士前脚刚走，41床的老人就哎哟哎哟地喊肚子疼，而且喊声一阵紧过一阵。在床头坐着的老太太立即站起来说道："老头子，你忍着点，我马上去叫医生。"医生来看了一阵，问护士："41床还是没有排泄物吗？""没有。""多长时间了？""据病人说，这种情况在家持续了两天，来医院也有一天了。"医生没有再说，转身走了。过了几分钟，他又回来了，这次是同值班主任一起来的。主任翻开病人的眼皮看了看，又嘱咐护士拿来一根细长的针管，然后在病人腹部画了一个小圆，在那里做穿刺，主任对护士说："抽一管血送检验科查一下淀粉酶和电解质等重要参数。"主任又对老太太说，"叫你子女到医生办公室来一下。"老太太没听清楚，又反问了一句，孙小美帮忙解释说："就是喊你娃儿来一趟。"

回到办公室，主任马上叮嘱主治医生："41床是重症急性坏死性胰腺炎，马上下病危通知！拉回来的可能性很小，我们只有尽力而为了。"主任又补充道，"注意！我担心老太婆受不了，尽快通知他子女来医院。"

老头儿痛出一身汗，老太太惊出一身汗，觉得闷热得很，拿起脸盆去水房打来热水给老头儿擦了擦身子，又掀起自己的内衣，把手伸进去，用同一条毛巾把自己身上也擦了擦。这时，孙小美又闻到了一股浓浓的汗馊味儿，她差点儿吐出来。

这时老头儿痛得更厉害了，老太太又赶紧按呼叫器，叫护士来给他打止痛针。护士是新来的，跟孙小美一样爱打扮，消毒、扎针、推药，嗖的一下拔出针头，用两根棉签把针眼儿按住，然后把棉签交给了老太太，让她多压一阵。然后，护士走到床头挤出消毒液，用双手擦了擦，舒了一口气，她摘下头上的白帽，露出了一头秀发。一股浓郁的进口香水味一下子弥漫开来，孙小美的鼻子本能地吸了两下。

孙小美正欲出门，被一个手抱一簇鲜花的女人喊住："同志，请问43床是在这个房间吗？""哦，里面，靠窗户。"孙小美答应了一声走了出去。转了一圈回来，她发现肖文武的床边床尾，还有自己的床边，都坐满了人；窗台和床头柜上，还有她这边的床头柜上，都摆满了各式各样的鲜花。

病房里除了花香之外，还有果香。肖文武的床头柜前、窗台下、床角下面都塞满了各种水果：橙子、杧果、美国提子，最多的是苹果和香蕉。

见孙小美回来，来访者赶紧站起来客套了一句："对不起，打扰你了。"孙小美说："你们坐，你们坐，没关系。"肖文武说："哦，这是我单位的同事。"指了一下孙小美，肖文武又向单位的人介绍道，"这是我的病友小孙。""主任你客气了！我们都是你的部下。"从肖文武这简短的两句对话里，孙小美对肖文武的身份知道了一个大概：眼前的这个病友不是自己这种个体户，不是社会上的闲散人员，人家是有单位有组织的人，极有可能还是一个领导。

孙小美正这样想着，卢教授走进病房来了，探视的人都站起来对教授点头示意。肖文武介绍说："这就是我的主治医生卢教授。""明天就要手术了，我同肖主任沟通沟通。"卢教授说。孙小美心里想，看看，人家卢教授都喊肖主任，还说要和他沟通，他还真不是一般人。

卢教授又转身问身旁的助手冯医生："准备工作做好没有？""主任，基本完成了，就差家属签字了。"冯医生回答。"晚点就准备灌肠了，来！肖主任，这是灌肠药，晚上就别吃东西了。等会儿我们给你输点营养液。"

"好的好的，谢谢！"肖文武赶紧回答，"按医生说的做。"

"哪里哪里，这是我们的职责，应该的应该的。"冯医生这时接上话茬。

卢教授说："别的都好说，就是这住院部挤了点，条件差一些，不过技术上请你相信我们，明天我亲自给你做手术。"

护士长马上接过话说："手术下来我们就给肖主任另外安排

房间，按干部标准来。"肖文武忙客套说，"谢谢！不用麻烦。"

肖文武接着说："上次省里研究这个医疗资源布局的问题，领导们还各持己见呢。有的说，西蜀医院太繁忙了，资源紧缺，任务繁重，矛盾突出，压力山大，常有医患关系紧张的问题发生，应该给你们减压，搞分级医疗。"看了一下旁边，肖文武又压低一点调门继续说道，"可另一个更管事的领导说了，现在群众的条件好了，就应该有享受更好医疗服务的权利，只要经济条件允许，应当让他们自己来选择，这样才能最大限度地发挥医疗资源的作用，也才更加体现了我们这个社会的公平。"

"对对对，我觉得这个领导说得对，我们医生想的就是多救治病人，救死扶伤嘛！忙点没什么。"

站在孙小美旁边的一个人对另一个人悄悄地说："我们该走了，让主任多休息，主任明天要做手术。"另一个说："走个屁！事儿还没有办完呢。"

这时，卢教授转过身来，对着孙小美，问冯医生："这个病人的情况怎么样？"

"主任，还在等复查结果。"

"不行的话，就要扩大筛查范围，要尽快查明情况。"卢教授边说边往外走，冯医生连说好，跟在卢教授后面走到隔壁病房去了。

虽然人多嘈杂，不知咋的，孙小美还是觉得这样心里踏实，特别是见到卢教授。

那边医生一走，肖文武这边就热闹开了。大家纷纷从包里掏出信封，有的将信封放在肖文武的枕头边，有的干脆将信封塞到肖文武的被子里。肖文武推辞了几下，见拗不过大伙儿，又觉得公共场所不方便说，只好先收下这些信封。

晚上八九点钟，肖文武的老婆和孩子来了。医生拿来告知书，肖文武的老婆在上面签了自己的名字。然后，肖文武从枕头下面掏出厚厚的一沓信封对儿子说："你把这些红包登记一下，要退回去。"肖文武的老婆说："这过年过节你不收礼也就算了，人都病成这样了还不允许别人表达一下心意？"肖文武白了她一眼，对儿子说："公私要分明，不能见钱眼开，按我说的办！"

孙小美听到这些话时，心里想，这个人还真是跟别人不一样！

护士查完房后，病房里短暂恢复了平静。孙小美也觉得累了，浅浅地睡去了。

隔壁病床上的老人，今晚由儿子来陪护。老人的儿子有点胖，他躺在租来的折叠床上，不一会儿就打起了呼噜，侧过身去又开始磨牙，咕咕咕咕的，夜里听起来很瘆人。

孙小美被这种奇怪的声音吵醒了，睁着眼睛怎么也睡不着，她的心情逐渐变得烦躁。

"哎哟哎哟！"隔壁老人又开始叫起来，一边喊一边在床上打滚。他几天没有排泄，肚子鼓得圆圆的。

孙小美看了看表，现在是凌晨三点多钟。

老人的儿子赶紧去叫医生。值班医生来了一看，情况不妙，叫护士上监护器，并连续注射了几支药。一系列的操作一直持续到天明，老人最后不再有一丝气息。医生说："不行了，很遗憾！"

"爸！爸！"老人的儿子哇的一下哭出声来。

病房里死了一个人，而且就在隔壁，就在自己眼前。此前孙小美从没见过活生生的人在自己的眼皮底下死去。她感到心灵上受到了极大的震慑。

孙小美下决心要离开病房。

医生对护士说："把老人推走吧。"孙小美和肖文武他们就这样目送着老人去了另一个世界。

孙小美冲肖文武念叨："太吓人了！太吓人了！"

肖文武安慰道："死人有什么可怕，当年我在战场上见得多了。"

孙小美急匆匆赶到医生办公室去请假，她希望医生办公室就是那捉鬼降妖的处所，一切牛鬼蛇神、妖魔鬼怪都要在那里现形。这时，她忽然对医生、护士产生了一种莫名其妙的崇拜感和亲近感，甚至觉得医生穿的白大褂就是一道护身符，就像孙悟空给唐僧画的一道符圈，有了它，鬼神就近不了身。

大病房的味道就是这样，由各式各样的成分组成，香的臭的、酸的辣的、苦的咸的都在这里交融。

十二　第一次手术

护士给肖文武送来了灌肠药，灌肠药会使人不停地拉肚子，直到把肚子拉空为止。手术前为何要清空肠道呢？是担心把肠子刮破了，屎尿流出来对腹腔造成污染呢？还是为了预防在手术期间病人大小便失禁，给正在进行的手术造成麻烦？医生们说，这是为了排空肠道内的气体。

妻子说："我帮你塞一下灌肠药吧。"肖文武说："不需要，我自己能行。"妻子又说："那我晚上在这里陪你。"肖文武仍然说："不需要。"肖文武说这话时，语气坚定，不容商量。

听肖文武这么说，妻子知道坚持下去没有用，只好说了句："那你一个人早点休息，我和儿子明天一大早打车过来。"

不一会儿，药性发作了。肖文武赶紧三步并作两步去洗手间，哗哗哗地拉了一阵，才觉得身上轻松了一些。过了不到十分钟，肖文武又想上洗手间，他推洗手间的门，里面有人，他只好在那里硬撑着憋了一阵。好不容易里面的人出来了，他进去又拉了一阵，觉得肠胃里已空荡荡。他回到床上刚躺下，马上又想上洗手间。一推洗手间的门，推不开。此时里面有两个人，一个年轻人替一个老者举着吊瓶，老者正坐在马桶上呢。

肖文武有点稳不住了，走路的姿势都变了。孙小美见状，提醒了他一句："你可以去隔壁病房看一下嘛，他们也有到这边来上洗手间的。"

就这样，肖文武一连跑了七八次厕所，终于把肠胃里的东西拉得一干二净了。

消停下来后，肖文武躺在床上，又把自己的人生过了一遍，从童年到少年，从青年到中年，从学校到军营，又从军营到机关，激越的、辉煌的篇章，尴尬的、掉价的囧事，还有那些败走麦城的教训。他想到了生，也想到了死；想到了爹妈，也想到了战友和同事。都说肝癌是癌中之王，怎么偏偏就被自己给撞上了呢？到了十二点多钟，他饿得睡不着，于是做了两次深呼吸，强迫自己睡去。

第二天早上七点半，手术室的男护工推着病床来房间接人。护士给肖文武拿来一套蓝白相间竖条纹的病号服，这是专供手术用的。然后，护士检查肖文武左手腕的胶皮圈，一一核对了相关信息。最后，护士问他昨晚十点后有没有吃东西喝水。在确认可以手术之后，他们把人推往手术室。

肖文武躺在床上，被推到内部电梯口。这部电梯是直通手术室的。肖文武随病床移动，天花板好像是从他眼前经过一样。在电梯口，他听见儿子在喊他。护士问肖文武："是你的亲属吗？""是！"肖文武回答。"那好，让他们一起上楼，在手术室的出口处等待。"

肖文武被推进了手术室，几个人一起将肖文武抬上手术台。护士办好交接手续就回去了，手术室的医生也回到了办公区，此时的肖文武被晾在了那里。

趁着这点空隙，肖文武环顾四周，感受了一下手术室的环境。他觉得手术室冷得很，越躺越冷。手术室的灯和病房的不一样，是专门的无影灯。他想到了人们夜间用手电筒照青蛙，被光线照射的青蛙便会一动不动，束手就擒，此时的他如束手就擒的青蛙般任人摆布。肖文武曾听说有的人躺上手术台后不会再醒来。他安慰自己，万恶的阎王爷早晨才从他们病房勾走一个人，总不会再勾走一个吧。悲剧短时间内重演并非大概率事件。

　　肖文武在胡思乱想中不知道躺了多久，终于有两个人说着话走进了手术室，其中一个向肖文武走过来，详细询问了他的相关信息：

　　"姓名？"

　　"肖文武。"

　　"年龄？"

　　"52 岁。"

　　"有没有什么家族病史？"

　　"没有。"

　　医生又问："有没有什么基础病？"

　　"血糖高，还有就是两对半检查有点小问题。"

　　"小问题？你是有糖尿病还是有乙肝？"

　　"好像不能叫乙肝。"

　　"那就是小三阳，病毒携带者。"

　　"好了，我要告诉你，我是你的麻醉师，请你信任我，做好配合。"

　　这时，其他医生有的推着监护仪，有的推着呼吸机，有的推着摆放着各种钳子、夹子和柳叶刀的手术车，把他围起来。两个医生把他的四肢固定在手术台上，使他不能动弹，另一个人用酒精替他擦了两遍身子。肖文武脑子顿时冒出一个怪念头来，觉得自己现在就像案板上的肉，任人宰割。

接下来，肖文武不知不觉就睡着了。

等他再次醒来时，就听见手术刀与钳子、托盘相碰发出的金属撞击声。一个护士说："卢教授，病人已经醒了。"卢教授说："没关系，这种情况也是有的，病人抗药性强。安镇痛棒了吗？""安了。"另一个护士回答。"安了就没关系，我这里还差最后一小针，缝上就好了。"卢教授补充道。

这次手术是微创手术，医生在肖文武身上打了五个孔。手术在仪器引导下操作，微创手术刀伸进去后，医生发现肖文武的内脏有粘连，不得不先替他把粘连的问题解决了。

"领导，你这次手术很成功，手术过程总体顺利。你好好休息。"卢教授对肖文武说道。肖文武听到了，但他浑身上下还处在麻醉中，动弹不得，只好眨眨眼睛，微微地动了一下嘴唇。

冯医生把肖文武的家属喊到门口，拿着从肖文武肝上取出来的一小块组织，给他们展示了一下，一是表示医生没有妄下结论，问题是抓准了的；二是报个平安，请家属放心。冯医生告诉他们，这块组织马上会送去做活检。

"妈，爸要被推出来了！"肖文武的儿子说。二人踮了一下脚，伸长了脖子，向里面张望。

过了好一阵，肖文武终于被推了出来。他被送到了一个两人间的小病房，卢教授说："领导，前两天委屈你了，我们考虑手术后还是要好一点的病房，你的标准本来就高。这不，房间一空出来，我们马上就落实了。"

肖文武虚弱地抬了一下手说："谢谢卢教授，谢谢……同志们，给你们……添麻烦了。"

护士长向家属交代了一些注意事项："六小时之内必须平

躺，不能睡枕头；二十四小时之内不能饮水吃东西；每次小便必须记录清楚，首先要考虑胃肠通气问题，放屁要报告，越早通便越好。"

肖文武的老婆和儿子连声说："明白了明白了。"

十三　小美二回病房

　　孙小美从医院出来，径直去了铺子，见了表妹就问："这几天生意如何？买主多不多？"表妹回答："差不多，比你在的时候要少一些。"孙小美又问："你艾哥呢？""艾哥嫌做小百货赚不到钱，还是想自己干，这几天一直在跑啥子药店，做啥子医药代表。"孙小美"哦"了一声，让表妹把账单拿给她看。

　　表妹打开抽屉，怯生生地说都在里面，这两天还来不及理。孙小美一看，三百五百的一张张发票堆了大半个抽屉，心里老大不高兴，说了句："你就是这样管账的？什么时候少了钱你都不会晓得。"表妹一听这话，脸一下子红到了耳根。

　　孙小美又指了指货柜，说："你看看，你看看，这货柜也不整理，客户一看你这乱哄哄的样子，还不都吓跑了！"表妹赶紧过去收拾，同孙小美一道把货柜整理了一下，铺面一下子清爽起来。随后，就有两个批发商过来问货，孙小美给他们介绍了一番，两个客人说："你这里货色好是好，就是价钱贵了点。"说完转身欲走。孙小美知道，这是商人的谈判策略，也是一贯伎俩，便很爽快地说："一个再给你少三分钱，要就要，不要你就走你的！"那二人突然又停下来，转回身来说："我看你也耿直，美女老板，能不能再少二分钱？"

"不能再少了，老板。你都是晓得的，我们这个小百货，都是小本经营，再少就回不了本了。"

二人一看，砍不下去价了，只好说："好好好，看你耿直，我也耿直，我们一人要500块钱的货，发卡、梳子、镜子一样给我拣点儿。"

望着二人远去的背影，表妹一边点钱一边说："姐，咋个你往这门市上一站，生意马上就上门了呢？我站大半天都没有一个大买主。"

"那当然啦！也不看看你表姐的颜值！"

"当真？"

"当真的，还当假的呢。姐是逗你玩的，这做生意的人讲究的是三勤，就是眼勤、嘴勤、手勤。要眼观六路，揣摩顾客的心理，要学会同顾客讨价还价，还要把铺面料理得利利索索的，这就跟做人一样，先得给人留个好印象。"

孙小美找了一个塑料袋，把所有的票据都装进去，进货的、出货的、现金交易的、赊账的……晚上回家，她在书房里一张一张地慢慢理。通过汇总这几天的进出账，孙小美发现，门市的生意比她住院前下降了20%，另外，有2430元钱对不上账。她把表妹叫来问，表妹说："前两天艾哥在铺子上拿了2000块现金，他说他跟你说了，我不能不给吧！"孙小美没有再问下去，她知道，另外430元钱很有可能是表妹十块八块一点一点地顺走的。她只是说："以后要用钱就直接给姐言语一声。"表妹一听这话，脸又一下子红到了耳根，忙说："晓得了晓得了。"

到了深夜十一点半，艾军才满嘴酒气地开门进屋来。小美问："你又在铺子上拿钱了？"

"做啥子？我拿点钱不可以吗？"

"不是说你不该花钱，你要讲一声，记个账嘛！"孙小美说了一句。

"拿自己家的钱还记个啥子账嘛！"艾军也不示弱。自从同小美结婚后，夫妻二人早出晚归，勤奋拼搏，逐渐有了些积蓄。有一次，他们因为小小争吵起来，以后，艾军坚持要自己的孩子。可是，不管他们俩怎么折腾，孙小美就是怀不上。打那以后，二人心里有了裂痕，艾军总感觉小美心里放不下在国外留学的钱成，自己只是钱成的一个替身。加之小小天天在身边晃悠，小美又对孩子溺爱，艾军心里就慢慢起了变化，梦想着有一天有自己的公司和事业。

在一次战友聚会中，艾军认识了一个女人，她是一个知名药企的商业代表，是一个做药品生意的战友带她来的。那个女人打扮得很洋气，除了年龄比孙小美稍大一点，看上去很有气质，骨子里透着一股媚劲儿，舞也跳得好。见艾军仪表堂堂，虎背熊腰，很有男人味，她就找艾军跳舞。艾军不太会跳舞，踩了她的脚她也不生气，反而教他。后来在战友谈生意的场合，她又出现过两次，还是主动邀艾军做舞伴，看得出她对艾军挺上心。最近一次见面，她还邀请艾军入伙跟她干。从此以后，艾军就迷上这个女人了，再看小美就左也不顺眼，右也不顺眼。

两个人这样吵了几句，孙小美感觉浑身没劲儿，正准备把账本理好后收起来，忽然想上厕所。坐到坐便器上，就哗啦啦地拉起来，全是稀的，而且坐上去就不想起来，好不容易刚站起来又差点晕倒了。小美晚上没有什么胃口，没吃多少东西，自己支撑着到厨房调了一杯莲子羹，结果一只碗掉在地上摔碎了，把艾军和表妹都惊醒了。

表妹心疼她，把莲子羹调好端进卧室里，孙小美吃了几口，又想上厕所。表妹说："姐，你是不是感冒了？你冲个澡兴许会好点，顺便也解解乏。"

表妹退到客厅坐下，她对小美放心不下，这时更睡不着。

孙小美进了浴室，在大镜子里反反复复从头到脚端详着自己。她突然发现，自己的脸色更黄了，身上也开始泛黄，人又瘦了一圈，髋骨显得更加突出。

孙小美打开热水器，把水调到一个合适的温度，想借此冲洗掉几天来的疲劳与秽气。她洗完头发，又抹了一遍护发素，开始往全身打沐浴露，仔细搓了几遍，再开花洒冲洗。不知是憋气的原因还是其他原因，小美扑通一声栽倒在浴室里。

表妹冲进浴室，扶起孙小美，惊讶地喊道："哎呀，你底下流血了。"

孙小美被表妹唤醒，发现有一股殷红的鲜血，从自己的私处流出。

头天晚上，孙小美见自己私处渗血，受到了惊吓，又是一通胡思乱想，到了凌晨三点钟才昏昏沉沉浅睡了一阵儿。又做了一个梦，梦见钱成在国外受难了，急需要钱，需要好多好多的钱。她四处去给他筹措，好不容易准备给他寄过去，却又找不到地址。正当她捧着钱干着急的时候，医院收费处通知交钱，数额巨大，她把手里准备寄给钱成的钱一起交了，也还差得远。她在梦里叹息，这辈子怎么老跟钱过不去呀？

孙小美一着急，人醒了，她拍了拍自己的脸蛋。她希望搞清楚，自己到底是在梦里，还是在家里。直到抬头仰望床上的吊灯，她才回过神来。

孙小美早早地起了床，来到梳妆镜前，还是清洗、梳头、扑粉、喷香、描眉、涂口红，按程序走了一遍，越是这个时候，她越要这样，既要对得起自己，也是要给外人——医生，还有那个邻床病友留个美好的印象。

从住宅小区到荷花池的一段路，由于缺少资金，没有修，还是石子路。孙小美穿了一双半高跟鞋，一脚高一脚低地在上面走着。不时就有一辆货车从她身边经过，扬起一片尘土，她不停地用手掌挥舞着，驱赶着眼前那些灰色的看得见抓不住的尘埃，又不由得加快了脚下的步伐。

好不容易等来了一班车，车上人太多，她挤了两下，挤不上去，又担心遇到小偷，于是又等了一趟，车上的人仍然是挤得满满的。半小时后，来了第三辆车，这时，好多的铺面都开门了，人少了一些，孙小美终于挤了上去。找到一个空档，她伸手抓住扶手，抬头望见手腕上淡蓝色的胶皮圈，她又把手收回来，换了另一只手去扶：她不愿意让人们看见她是一个病人。

车子在石子路上前行，不时来个急刹车，又扬起一片灰尘，前面坐着的几个老头老太太嚷嚷着要把车窗关起来。孙小美好心搭把手，手伸出去拉了一把车窗，发现车窗被泥土粘住了，推不动。孙小美又用力推了几下，好不容易才把车窗拉上。她在用力的一瞬间，觉得私处有一股东西流出来了，在车上也不好过多地去关注，只好装作若无其事的样子，眼睛看着前方。

"姑娘，姑娘。"有人碰了孙小美的胳膊一下。孙小美低头问："喊我吗？""你看你是不是那个了？裤子搞脏了。"孙小美用手摸了一下，拿到眼前一看，见是血迹，感觉事情不妙。

公交车上又颠又挤，还没有座位，她现在有点后悔没听小小的，她应该打个车，不该省这几个钱。

孙小美千辛万苦地回到了病房。

十四　扩大筛查

　　卢教授叫来冯医生和其他实习生，把孙小美入院前后那些体检报告和影像资料从电脑里统统调了出来，想找出她甲胎蛋白和转氨酶升高的原因。大家瞪大眼睛看了半天，怎么也找不到病灶。看肝脏，肝上好着呢；看胆囊，胆总管不扩张；看胰腺，胰管也不扩张。卢教授说："唉，这个病人奇怪了，从她的症状上看，符合肝胆胰上有问题的特征，可是又找不到病灶在哪里，我们怎么下刀呢？"见大家都沉默不语，卢教授又说，"冯医生，你去把内科、超声科、CT室，还有中西医结合科的专家都请来，就说我请他们，大家来一起会会诊。"

　　各科专家都来了，大家你一言我一语，从自己学科的角度谈了看法。肝胆内科的专家说："从理论上讲，很多病变能够引起这两个指标升高，比如妇科炎症、生殖系统问题，等等。"中西医结合科的专家说："不行就双管齐下，试试中医，我们给开几副中药试试。"影像专家说："既然找不出原因，我们就建议上手段，扩大筛查，只不过，这需要增加一笔不小的开支，也不知道患者愿不愿意？"卢教授看了看大家，又问："本科室的同志怎么不发表意见啊？都说说，都说说。俗话说：'三个臭皮匠，顶个诸葛亮'嘛！"大家一笑，卢教授又说，"我不是说你们是臭皮匠，我是诸葛亮哈，我是让大家群策群力嘛。"

"好了，大家都提了很好的意见。我呢，把大家刚才讲的归纳一下，是不是有这几种可能：一是肝胆胰有问题，而且我考虑，一旦这里有了问题就比较麻烦了，藏得比较深，不易发现，不好下手；扩散快，通过肝脏造血，顺着血液迅速转移，让我们猝不及防。二是妇科方面的问题，这个地方出问题就好办一些，把子宫拿掉，或是其他介入治疗也比较好给药，我们请妇产科的人来做，或者请她们来我们科都行。三是综合性的问题，这就需要综合治理，像今天这样，坚持会诊，联合用药，搞两个疗程看看。"卢教授喝了一口水，叹了口气继续说道，"不论哪种情况，我们都应该考虑一个兜底的对策，做最坏的打算，为病人争取最好的结果。"

"不行就扩大筛查范围。"搞影像的专家坚持说。

"目前也只好这样了。冯医生，下医嘱吧，先上一个核磁共振。"

正说着，护士长来报："教授，孙小美回来了，发现她阴道渗血。"

"冯医生，再开一个妇科检查。"卢教授想了想，又补充道，"呃，这个其他的嘛，就主要是维持生命体征的糖盐水和给点消炎药。"

孙小美的病因下不了结论，找不到病根，孙小美不得不听医生的，安心住下来，好做进一步的检查。

孙小美找到护士长说："护士长，你能不能给我调一下房间？我旁边那个 41 床死了，我好害怕！还有人太多，上卫生间也不方便。"

"其他房间都住满人了，你只能等一下。"护士长接着又说，

"不过，现在倒是空着一个双人间的床位，收费比较高哦！比起大病房，它翻了一番。"

"翻一番没关系，我要了！"

"不过，前天做手术的那个领导住里面，我们和他说一下，研究研究。"

护士长转身来到小病房，对肖文武说："领导，我得和你商量一个事儿，额，就是，额……"见护士长吞吞吐吐的，肖文武说："有事你就说，该不会是我的病情吧？"

"不不不！病情归医生管。我是说，按规定的话，按规定领导你还不能享受单间。"

"哦！你是说要加人进来吧？这是你们的权力，没关系的。"

"那就好，领导，进来的就是上次和你做邻居那个42床，人挺好的，美女，爱干净。她的问题有点复杂，需要住一段时间来观察检查。"

"我没意见。她就是胆子小了一点，住过来吧。"

这是护士长的一种工作方法，按说这安排病人住哪间房，和谁住一起，都是依据一个先来后到，由不得病人挑选，也是护士长完全可以定的；这样通个气，就更方便，增进了医患之间的信任和了解，有利于接下来开展工作。

孙小美先是跟着护士拿着牌子，然后又拾掇好床头柜里的东西，包括吃的用的，最后到洗漱间取了自己的毛巾脸盆，跑了三四趟，终于把东西搬到了走廊转角那边的小病房去了。

医生很快给她拿来一个单子，上面写着复查所需的项目和费用。孙小美一看，妈呀，又要检查好几项，大几千块钱呢！

孙小美在楼道里转了好几圈才找到核磁共振检查室。她看见检查室的门与其他地方的不一样，是铁的，门上涂有电离辐射的标志，觉得看个病搞得这么悬，有股肃杀之气，让人感到恐惧。"孙小美，孙小美！"检查室的护士把门推开一道缝，探出脑袋来，在门口喊道。

"在在在！"孙小美回答。

"到里面来候诊。身上带什么金属物品了吗？"护士补充说。

"有个戒指算不算？"

"当然算啦！取下来。戴皮带没有？"

"没有。"小美回答。

"体内有没有做过什么手术，比如，安装心脏起搏器、安环什么的？"

"没有。"

孙小美躺在一个可以自动伸缩的轨道床上，闭上眼，想象有哪位神医先人，就像华佗再世一样来拯救自己。

几天后，检查报告出来了，这次检查并没有发现肝上的病灶，却发现子宫里面有问题。医生又让孙小美做进一步的专科检查。

又过了几天，妇科检查结果出来了，子宫肌瘤已经显现出了癌变的特征，医生建议马上手术。

CA199 检查报告出来了，也是严重的超标。

卢教授再次请来各科专家会诊，研究制定孙小美的治疗方案。最终决定，先易后难，把已经判明的问题先解决了，首先做子宫切除。

有人建议孙小美转科室治疗，卢教授没有支持。他认为，孙小美身上的主要问题仍然是肝胆胰的问题，棘手的问题还在后头。

十五　再做邻居

　　孙小美搬进 2 号病房，与肖文武并排住下。肖文武靠窗，孙小美靠门。

　　同上次一样，小美又用自己带的消毒纸巾把床头、床尾、床边、床头柜及椅子等都擦了一个遍。她又推开洗手间的门，仔细地把手要触摸的一些部位都擦了擦，再把脸盆、牙刷、化妆盒等摆放整齐。

　　而后，她照了照镜子，发现镜子里的自己面容有些憔悴，又打开化妆盒取出眉笔、口红，给自己补了一下妆。孙小美就是这样一个追求完美的人，从不随便，永远给人展现最光鲜的一面。

　　等她忙活完了，静下来时，肖文武轻轻地问了一句："检查有结果了吗？没什么事吧？"

　　"医生还没有找我，但愿吧……"孙小美没有把话说完，是因为底气不足。

　　二人正欲继续交谈，这时一个护工拿着食谱到病房来订餐，肖文武接过食谱看。孙小美顺口问了句："你们这儿的饭菜做得怎么样？""美女，包你满意，我们做的是营养餐。"见肖文武订了三天，孙小美也跟着订了三天。

　　护工走后，肖文武说："啥子营养餐哦，又贵又不好吃，但是你在病床上躺着，由不得你了，只好将就着吃。"

"就是就是，我看你订了三天，我也订三天试试，不好吃再说。"孙小美附和道。她哪里知道，这种饭她一吃就要吃两个月，直到她生命的最后一刻。

医生查房后，护士长又查了房。孙小美这个病房只有俩人，双方都没有陪护，更没有护工。

晚上九点多钟，孙小美输完液，留置针被护士封上，牢牢地固定在孙小美的手腕上。那种有个异物埋在体内的感觉很不舒服，睡觉怕压着，洗澡怕淋着，走路怕碰着。孙小美好几次都想拔掉它，可一想起护士找静脉扎针的情景就怕。

孙小美觉得血液这个东西很神奇，为什么它流尽了人就没了？它在人的生命中扮演一个什么角色？它是由什么组成的？为什么颜色是红的？为什么医生护士可以把这些带有药性的液体直接给掺和进去，这不是把它的浓度稀释了吗？它为什么又是稀了也不行，稠了也不行？

没事时，孙小美就爱琢磨，喜欢问为什么。

那边肖文武刚迷糊着，护士来了，啪啪两下，按亮顶灯和床头柜上的灯。肖文武被强光刺醒，侧了一下身，以示抗议。另一个护士哗的一声把他边上的帘子拉上，但这帘子根本遮不住光，更何况拉帘子的声音很难听。孙小美觉得挺过意不去，觉得自己拖累了他人，有种自责感。

护士拎着输液剩下的药袋和管子很快走了，两个人的病房又恢复了平静。孙小美轻轻地侧身下床，踮起脚来到洗手间。她打开化妆盒，准备为自己补一个晚妆，这是她多年来的习惯。先用温水卸妆，洗去一天的倦意，给脸放松。人的喜怒哀乐全都写在这张脸上了，这张脸负荷了太多，本应得到善待。然后她轻轻地扑一点粉，再用淡一点的笔描一下眉，用冷色调的唇膏涂抹一下嘴唇。她还有一个担心，就是邻居肖文武半夜起来上洗手间会路过她的床头，那时他就会看到睡梦中的自己，没有造作的自己，也是最真实的自己。

夜已深了，小美想起白天做的那些检查，有点后怕，心里放不下，因而辗转反侧。肖文武醒了，看了看表，已是深夜十二点钟，他小心翼翼地翻了一下身，担心惊动了孙小美。事有凑巧，这边肖文武一醒，那边孙小美就睡着了。

俗话说，日有所思夜有所梦。孙小美刚一入睡就步入梦乡，还说了梦话。她做的是一个噩梦，梦见有好多条毒蛇围攻她，她拼命地向前跑！一边跑一边拼命地喊："快救我！快救我！"

"小孙，小孙，醒醒，醒醒！"肖文武碰了一下小美的肩膀，叫醒了她。

小美一下子坐起来，嘴里喊道："谁？"

"你做噩梦了吧！"

肖文武这么一说，孙小美知道自己失态了，心里很懊悔。

肖文武说："你最近是不是太紧张了，有点神经衰弱？放松点，没什么大不了的，现在医学这么发达，许多毛病都可以在发病初期查出来，早发现就可以早治疗。"

小美说："大家都这么说，问题是找准问题挺难的。"

"比如我吧，单位组织体检发现甲胎蛋白异常，再查了一个增强 CT，就发现肝右叶上长了东西，医生判断多半是恶性肿瘤。我开始一听，头都炸了，这肝癌可是癌中之王啊，沾上它还能有啥好事儿？"停了一会儿，肖文武接着说，"但你仔细想来，这早发现比晚发现强，发现晚了，癌细胞转移了，才真的没救了。"

"有的人说，癌症病人有一半是吓死的。你信不信？"

"这个，我倒是不太清楚。"

"这说明，人的精神很重要，只要精神不倒，病痛就打不倒人。"

"你说得有道理，不管做什么，只要人的精神一垮，问题就找上门来。"

"我听说今天给你会诊的医生有妇科的，怀疑是妇科问题？"

"我也说不好。"

肖文武觉得这个话题太沉重了，故意把话岔开，又问："你是做什么工作的？"

"我没有工作。"

"没有工作？平时的收入来源是什么呢？"

"哦，在荷花池做点小生意。"

"那你就是当老板了？"

"给自己当老板。"

"我看你人很干练，做生意一定很在行吧？"

孙小美脸一红，说："过奖了。我这个人不喜欢拖泥带水的，要做就做最好。"叹口气，小美接着说，"一年累到头，也就是百十来万收入吧。"

肖文武心里一惊，没想到眼前这个喜欢打扮的女人还是个能干的人。

"你老家是哪个地方的？"肖文武继续问道。

孙小美正欲回答，忽觉内急，急忙翻身下床进了洗手间。解完手，她低头看看，仍然拉稀，里面的血好像越来越多了。此时，她来不及多想，赶紧收拾了一下，又对着镜子拢了一下头发，出来了。这时，肖文武已经下床，在孙小美的感染下也想上厕所。孙小美刚想关灯，就听肖文武说了句"我来"。

孙小美顺手把自己的围帘拉开了，尽管是一层薄纸一样的东西，她也觉得有碍他们的谈话和交流。

肖文武这一泡尿憋了很久了，冲击得便池噼噼啪啪地响，以至孙小美在外面都听得真切。自从前两年同艾军分床睡，她很久没有这样近距离地听男人的这种声响了，那里面除了一个男人的雄性气息，还有一种居家感，一种过日子的味道。

肖文武打了一个寒噤，一下子收住了，他又在便纸篓里见到了一丝血渍。

肖文武也把自己的围帘拉开，这样，他们二人再进行交流就可以面对面了。

病房空荡荡的，夜静悄悄的，只有他们俩的对话。

不经意间，窗户上出现了亮光，走廊里也响起了护士交接班的声音，以及陪护病人的家属、护工早起打开水的动静。正是这些不经意的人和事，送走了黑夜，迎来了黎明。

十六　夏花般绚烂

护士推门进来，猛地一下把灯打开，灯光刺得二人睁不开眼。

"孙小美，抽饿血，没吃东西吧？"护士冲孙小美问道。

小美心里一紧，问："咋个又要抽饿血呀？"

"做进一步检查。你也别着急，如果是发现子宫有问题，这两天会给你做手术。"护士轻松地说完这句话，接着又问，"有小孩了吧？""有有有！我女儿都上大一了。""哦，那就好！你最好叫她今天来一趟，或者叫你爱人来，有可能家属要签字，还要补交费用。"

"还是让我女儿来吧，她也是学医的，多少懂一点。"说这话时，孙小美心里明白，只有自己的女儿才是靠得住的。这两天，艾军借口到商家去催账，表妹也说经常找不到他。

下午，孙小美的女儿小小来了。肖文武一看，好家伙，跟她妈就是一个模子里刻出来的，柳眉细腰，瓜子脸，两只眼睛水汪汪的，恰到好处的唇线，红润光泽，就像是勾勒出的两片花瓣，使她看上去欲语还羞的样子，气质可人，充满着青春的活力。

母女俩聊了一阵，孙小美由于昨夜没有休息好，有点困了，小小为她盖上被子说："妈，这阵有我在，你睡一会儿！"孙小美心里的确踏实了许多，很快就睡着了，还发出了细细的鼾声。小小趴在妈妈的床尾也小憩了一会儿，醒来时从书包里翻出一本书来，找了一把椅子靠窗户坐下读起来。看了几页后，小小想上洗手间，顺手将书本放在肖文武的床边。

肖文武正在输液，迷糊了一会儿醒来，发现液体没了，翻了一下身，去按床头上的呼叫器，不料，将小小放在他脚边的书踢落在地上。小小闻声，赶紧跑出来，说："哎呀，叔叔，回血了！没液体了！"小小边说边拿起肖文武的手，把液体开关关住，又拔出液体袋上的大针头，扎进挂在旁边的备用液体袋里，并看了看液体袋上的液体名字和病人名字，又问了句，"叔叔是叫肖文武吗？"肖文武回答："对对对！"小小用食指弹了弹管子，再把管子在手指上卷了几圈，那管子里的气泡就进了输液管中间那调节阀里面；然后，再次打开开关，管子里的液体就顺顺当当地连成一个没有一丁点缝隙的整体，慢慢地将回血压回体内。整个动作一气呵成，很专业。护士进屋看到后，问了一句："学医的？"随后告诉小小，"这瓶输完就没有了，通知我来封针哈。"小小目送护士走后，弯腰把书捡起来，用手拍了拍。孙小美看到这一幕，心里很是欣慰：小小这孩子，像她爸，不仅学习不错，还很懂事，现在可以帮大人做点事情了。

肖文武猛然发现《飞鸟集》几个字，知是泰戈尔的诗集，便问小小："小妹妹喜欢泰戈尔的诗？"

"我也是听人说的，他的诗特别的空灵、大气，所以借来看看。"小小回答。

"哦，泰戈尔是一个浪漫主义诗人，他对民族，对善恶，对死亡都有自己独到的见解，对我国的现代文学产生过重要的影响。"

"叔叔懂诗?"小小听完肖文武这番高谈阔论之后,感慨地问道。

"喜欢而已。"停了一会儿,肖文武又说,"我们那个时代,写诗的比读诗的都多,大家都争先恐后地读李杜、读东坡、读雪莱、读裴多菲,后来又读汪国真、读舒婷……总之大家都跃跃欲试,人人都自诩为诗人。"

"叔叔,你们那个时代多好啊,全社会都在进取,每个人都在拼搏,日子过得充实,精神毫不空虚。不像我们这代人,动辄就迷失,就找不到北。"二人就这样围着诗讨论起来。

小小又说:"我个人认为,人生最大的痛苦莫过于找不到北,惶惶不可终日。"

"是啊,我们那个时候管这种现象叫作颓废。""我认为人生最大的幸福是享受奋斗过程中的快感。"肖文武又补充了一句。

"叔叔,你的话好经典哦!你是做啥子工作的?"

"去!没大没小的,查你叔叔的户口呀!"孙小美对女儿说。

"没关系没关系,切磋嘛。"

"我妈也是个文学青年!"小小突然冒了一句。

孙小美被小小这样猛一下子揭底,脸臊得通红。肖文武不经意间抬头,看见此时的孙小美比平时美十倍都不止。

"羞死人了!小小。"孙小美这次是真着急了。

为了解这个扣儿,肖文武只好顺着话题把关注点引开,于是他问:"冒昧地问一句,你出来做生意之前是做什么工作的?"

"我考的中师,毕业后教了一段时间语文。"

肖文武说:"原来你还是搞语言文字的,我是半路出家的。"

正讨论得起劲儿，护士又急匆匆走进来问："谁是孙小美的家属？"

"在这儿。"小小回答。

"你到医生办公室来一下。"

小小随护士来到医生办公室，医生说："你有心理准备没有？你妈的病情你知道吗？"

小小说大概知道。

医生又说："肝上的问题还没有锁定，妇科问题出来了，那我们就先解决妇科问题。"

小小自言自语道："怎么会这样呢？怎么会这样呢！"医生让小小签字。签了字，又让小小去交了两万块钱。

孙小美来到了医生办公室，医生说："孙小美，你该知道了吧，你的其他问题正在进一步筛查，宫颈部位现在发现问题了，几个科室的专家会诊的意见是先易后难，把摆明了的问题先排除掉，以免相互影响。至于其他的问题再作进一步筛查。所以专家建议，手术完了还是回来住我们科，以便继续观察。"

孙小美打开手机网页，在上面查了一下，宫颈癌可以由许多原因引起。真是祸不单行！孙小美在心里骂了一句。

小小转过身来掰着妈妈的手机问道："妈，你在找啥子？"看到妈妈在网上找这些内容，小小心里清楚她现在心理压力大，就安慰她说，"妈，有啥子嘛，这个零件现在反正都是多余的，切了反而轻松些。""你说得轻巧，跟扯根灯草一样。你都是打那里出来的，把你老屋都拆了，你能愿意吗？"母女俩就这样轻松地调侃了几句，气氛稍微缓解了一下。小小说："妈，你好好休息，为明天准备好精气神。"

晚上，孙小美闭着眼睛，小小也不知道她睡着了没有，扭头看了看隔壁的肖文武，好像睡着了，小小就又拿起那本《飞鸟集》，没有读几页，就又一次陷入了沉思。"生如夏花般绚烂"，这还真有点妈妈的味道，干什么事情都风风火火的，再苦再累再忙，也要把自己收拾得利利索索。

小小唯一担心的是这次手术极有可能影响妈妈的颜值，她才四十多岁呀，这子宫就是一个雌激素工厂，女人没了雌激素颜值就会大大降低，甚至加速衰老。妈妈平时那样讲究，即便是遇到再大的事情，经历再大的困难，都从未改变她爱漂亮的习惯。这些，她是不能给妈妈讲的，也是不能让她知道的，要是知道了，她一定会伤心。

为了让妈妈好好休息，小小打开了从护工那里租来的折叠床。她打开租来的被子，闻到一股怪味，于是又把它合上了，轻手轻脚地倚在上面，准备就这样靠一会儿了事。

孙小美近段时间一直睡眠浅，这时又想上洗手间，睁开眼看见病房里静静的，生怕打扰了女儿和肖文武，踮起脚下了床，借助手机屏幕的微光，到洗手间解了手，然后又用洗脸盆接水轻轻地冲了便池。

从里面出来，孙小美发现女儿没有盖被子，猜到女儿是觉得被褥太脏了，只好喊醒她，让她去护士站找值班护士租一床干净的被褥来，无非就是多花点钱嘛。小小到护士站把钱交了，过了一会儿，护工送来了一套洗干净的被褥，母女俩又重新入睡。

小小暂时轻轻地合上了那本《飞鸟集》，放在自己枕边。

十七　先易后难的手术

第二天清早，孙小美被手术室的医护人员接走了。

小小等在手术室外面，孙小美静静地躺在手术室里面。不知咋的，小小突然间有了一种阴阳两隔的悲壮感和距离感。

孙小美等候手术的过程几乎与肖文武的一样，漫长而恐惧，因为你永远也看不透身体内部的零部件问题究竟有多大，问题出在哪里。你能做的就只有等。

穿蓝色工作服的一男一女两个护士将孙小美新换的蓝白相间带竖道儿的病号服解开，孙小美第一次赤身裸体地展示在别人面前，特别是别的男人面前。她想让男医生回避，但她的话还在眼神里就被女护士呛了回去："别那么紧张，到了手术台上就不分男女了。"

说完这话，二人就往孙小美的身上抹那种冰冷冰冷的消毒液，乳房、乳头、肚脐眼、阴部，不放过每一个细微处，这些地方都是第一遭被消毒杀菌。擦了两遍之后，护士又用剃刀之类的东西在她身上细细地刮了一遍，甚至连阴毛都刮得一干二净。

孙小美觉得冷，她也听人说病菌这种看不见摸不着又要人命的恶魔最怕低温，低温下才能保证伤口不被细菌感染。

正当孙小美胡思乱想时，麻醉科的医生来了。麻醉科医生先是告知她一些事项，接着又询问了一些事项，后来又用聊天式的口吻问她做什么工作，是哪个地方的人。说话间，她就感觉被狠狠地扎了一针，接下来的事就一点也不记得了。

就好像是人生长河中的一次断流，又像是记忆链条中的一次断裂。她什么也不记得，像什么也没有经历过。当然，客观上这几个小时或是几十分钟，在她身上是实实在在地发生了一些事情，是一场惊心动魄而又紧张的战斗。

手术采用微创技术，不到两个小时就完成了，孙小美的子宫被整个儿拿掉了。医生们根据肉眼判断，病灶实体可能已经产生了癌变。主刀医生切了一片标本，让助手送检验室做活检去了。

这次手术，在孙小美的腹部留下了几个小孔，有的缝了两针，有的根本就没有缝针，只贴了一片创可贴。

孙小美准时醒来。医生把她往手术室外面的大厅一推，就不管了。那里已经有两个从手术室出来的病人躺在床上等候护士送其回病房。孙小美躺在床上想侧一下身，可大脑发出指令后，身体不听指挥，想抬一下脚也无能为力。此时，唯有大脑意识清楚。

小小等得正着急的时候，艾军终于来了。

"爸，你来啦！"小小看他来了挺高兴地喊了一声。她只知道爸妈感情不太好，并不知道自己不是艾军亲生的。

"嗯。"艾军冷淡地应了一声。他心里是清楚的，这女儿不是他的种，他和孙小美关系紧张的源头就在这里。自打孙小美生病住院，这是他第二次上医院来。他之所以来，一是怕别人抓话柄，二是怕做得太过分把孙小美惹急了，以后有些事情不好说，留点余地。他还有一个比较阴暗的想法：看看孙小美到底病得怎么样，也好有个应对之策。

小小见艾军一脸的疲惫，关心地问道："爸，你昨晚喝酒了，还是没有休息好？"

"爸没事，可能没有休息好。"艾军说这话时很平静，现在他在孩子面前撒谎都不带脸红的。

"你还是要注意点，自己照顾好自己。妈在住院，我顾不过来。"

"好好好！你只管照顾好你妈。"

"孙小美家属！"护士朝外面喊了一声。

"这儿这儿。"小小马上答应道。

"跟你说哈，六个小时不能睡枕头，二十四小时不能吃东西。"

"知道了知道了！"小小边说边帮护士推着手术床上专用电梯。艾军也凑上来护着手术床。孙小美微微偏过头去，斜视了他一眼。

回到病房，肖文武和小小打招呼："你妈回来啦！手术挺顺利的吧？"小小说："顺利顺利，谢谢叔叔关心。"

小小帮助护士把妈妈抬到床上，病房的护工早已替她换好了干净的床单，这是手术后必需的。小小拉上帘子，为妈妈换上一套干净的病号服。看到换下来的衣服上有血迹，小小心痛地俯下身去，在妈妈脸上亲了一下，一串热热的泪珠子滚落到妈妈的脸上嘴上。孙小美尝到小小微微带点咸涩的眼泪，自己的眼泪禁不住夺眶而出。

"好了好了，妈！这不是做完了吗？应该感到高兴才是。"听小小这么一安慰，孙小美哭得更凶了。小小又劝她说："好了好了，我拉开帘子了，等下隔壁叔叔见了要笑话我们。"

"等一下，把化妆盒拿来，妈妈补个妆。"孙小美自己抬手把新出来的眼泪抹了一下说道。

小小马上从手包里把妈妈的化妆盒找出来，扑粉，描眉，勾嘴唇线，小小为妈妈补了一个简妆。

头一天，孙小美严格按照医嘱六小时后才枕枕头，二十四小时没有进食。第二天中午，小小问医生，医生说可以适当吃点流食。小小在医院门口的一家粥店打了一碗稀饭，顺便给自己买了一个馒头。小小拿出调羹给妈妈喂了几口，孙小美吃得很舒服。停了一阵，小小趁热又给妈妈喂了几口，小小说："不能再吃了，吃多了不行。"然后，小小就着妈妈吃剩的稀饭，把馒头吃了。

下午三点多钟，液体输完了，小小趁机趴在妈妈的床边小憩。孙小美觉得问题解决了，自己扶着床边下了地，又扶着墙壁慢慢往外走，并且越走越远，越走越快。护士看见后提醒她说，要慢慢来，现在还不能做剧烈运动。

到了傍晚，孙小美想小便，坚持要自己去，小小不允，扶着她进了洗手间。完事后，小小冲便池时发现有血迹，急忙叫来医生。医生看后问道："你是不是做了运动？""她下午下床走到我们护士站来了。"护士说。"胡闹！注意观察，如果继续出血，马上通知我。"医生用严厉的口吻说道。

医生继续说道："孙小美，你要注意点，你不要看表面上的伤好了就大意，你肚子里还有内伤。"小小连连点头说："知道了知道了。"

第二天输液时，医生又给孙小美加大了消炎药的剂量。

肖文武的活检报告出来了，恶性肿瘤，原发性，早期。知道这个消息，肖文武倒吸了一口凉气。

又过了一天，孙小美的活检报告出来了，宫颈癌，恶性。

小小庆幸，还好发现得早。见妈妈的病有了好转，她决定回学校上几天课，怕落多了课，跟不上。

十八 危难时刻的背叛

昨晚，艾军又同那个女人厮混了一夜。

自从在战友会上认识了那个女人，艾军心里就放不下她，老期盼着与她再见面。后来，听那个女人说做药品生意赚钱容易，他就动了心，老在心里比较着做小百货与做药品生意的区别，总觉得做药品生意要高端些，科技含量高，利润就大，做小百货有点小儿科，太低端。艾军想的是一夜暴富。

艾军心里还有一个心结打不开，那就是他和孙小美没有孩子。这么多年，他们的夫妻生活总是激情燃烧，可孙小美就像一块废弃的土地，再也长不出庄稼来。但具体为什么，是碱重了，还是酸重了？或是种子出了问题？二人也不好意思去查个究竟。后来，艾军多了个心眼儿，自己跑去查了一下，医院说他的种子不仅是好的，还是优良的。种子没问题，肯定就是土地出了问题。艾军回过神来，难怪有时孙小美出血，一开始艾军还引以为傲，以为自己战斗力强大，甚至心疼孙小美，怕她受不了。打那以后，艾军对孙小美逐渐冷淡，对那事也逐渐失去了兴趣，再加上每次想到小小不是自己亲生的，对孙小美就有了反感，后来就借一些鸡毛蒜皮的事吵架斗嘴。再后来，干脆就分开住了。孙小美曾和他约定过一个不能碰的底线，就是小小的身世必须保密。小小这孩子很懂事，艾军和孙小美都很喜欢她。艾军也就答应替她保守这个秘密。

艾军参加战友会之后心有所系，这为他出轨埋下了伏笔。

有一次，艾军穿一身笔挺的西服，按照名片上的地址找到了做药品生意的那个女人。她和另外两个人一起开了一家药业公司，除了卖一些常见药品外，还替一些厂家代理一些新药。

见了艾军，那个女人眼前一亮，这小伙子一收拾还挺精神。她让手下人给他泡了一杯茶，并把他请进自己的办公室。

"怎么，今天有闲心到我这里来转转？"那女人问。

"我那个小铺子，平时就那点生意，一个月就前面几天外地顾客来做些批发，后面就是零售了，有一个人看着就够了。"

"最近你们没开战友会？你们战友里面人才还是很多的。"

"最近还真要搞一次，到时请你来。"

"光说请，在哪里呢？"那女人又追问了一句。

见她挺热情的，艾军就掏出手机，给战友打了一个电话，挂了电话又对女人说道："问清楚了，十月三十日，索菲亚大酒店，到时我发个信息给你。"女的说："要得要得。"

二人正说着，一个二十几岁的年轻小伙子进了办公室，那女人对另一个女人说："小陈这月订了两单，你给他把账算一下。"

那女人回答"好"，便在电脑上计算了一下，又问小伙子成交的是哪家医院的业务，小伙子回答："一个新药进了一家二甲医院，还介绍了一个做靶向治疗的。"

过了几分钟，那女人对小伙子说："小陈，你这月的业绩有点好哟，你的基本工资加提成算下来总共 14360 元。"

艾军一听，这收入不低嘛。那女人说："怎么样，艾军，动心了吧？"艾军望着她，她又对他说："要不，到我们这里做一个医药代表，我是说兼职的。"

待了一会儿，艾军走了。他也说不清楚今天为什么来，或是来干什么，或是压根儿就不需要理由，只是随便逛逛。白天面对嘈杂的人流，心里难免有些烦，晚上回家面对孙小美那张熟悉的面孔，也没有什么话想说。艾军又感到了最初的那种彷徨与迷茫，他需要出来寻觅新的刺激。

路上，艾军寻思，他去做医药代表，可以利用那些战友的人脉推销一些产品，反正搞成一单算一单，又不出钱，再说，家里那个小铺子也用不上那么多人。他就这样打定了主意。

十月三十日的战友会如期举行，那个女人也如期而至。

席间，她和艾军挨着坐下来，艾军喝白酒，她喝了些红酒。酒足饭饱之后，大家又说要去歌厅吼两嗓子。

点得最多的是军歌，《我是一个兵》《打靶归来》《英雄赞歌》《小白杨》《十五的月亮》……艾军觉得这些歌曲都太铿锵了，于是点了一首《花儿为什么这样红》，且歌且舞下来，被那个女人奖励了一个拥抱。

曲终，大家一起下楼。那个女人是开车来的，门口等生意的代驾一哄而上，早盯准了这单生意。艾军自告奋勇要当护花使者，那个女人说："不用，我自己回去。"艾军说："你一个女人家的，晚上一个人行动不安全，保护你是必须的。"那个女人欣然接受了，艾军如愿以偿。

到了女人住的小区，艾军对司机说："师傅，麻烦你，我们都是喝了酒的，给我们把车开到地下室。"

司机照着做了，把车开到地下室，停在女人自己家的车位上。

"好了，我的任务完成了。"艾军说。

"那你怎么走？"女人问。

"我到门口打个车。"

"那我送你到门口。"

"不用不用！"艾军嘴上说着，腿却迈不动。

那女人客套地说："要不，到我家喝口水再走？"

艾军以为自己听错了，反问了一句："到你家里去？这么晚了，你老公还不把我打出去？"

"打啥子打，我男人经常值夜班，娃娃又住校，家里就我一个人。"

艾军一听这话，眼睛放光，马上改口说："好好好！"

电梯门在十八楼开了，二人进了那个女人的家。房子很宽敞，女人介绍有一百七十多平方米，欧式风格的装修，客厅摆了一套乳白色的真皮沙发，墙上挂了一幅书法。女人领着艾军逐个房间参观，书房里摆了一些医学书籍和讲营销套路的书。双卫生间，其中一个装有大浴缸，看上去很豪华。主卧面积大，床头挂了一幅油画。

"哎，我都喝多了，你酒量还可以啊。"女人说。

"我也醉了。"艾军说。

"我给你倒口水喝。"

"不用不用！"说完艾军又补充一句，"我该走了。"

"老婆管得紧？"

"不不不，她基本不管我。"

"那就多坐会儿吧，反正我也没人管。要不，我陪你再喝点红酒？"女人一边说，一边把一瓶红酒拧开，从酒柜里取出两个高脚杯。艾军接过杯子，碰了一下，说："酒逢知己千杯少，干了！"女人说："哟，厉害。"然后，每人又倒了半杯。女人说："我们不能这样喝了，会喝醉，不如我们来点音乐。"两步走过去，一按开关键，电视开了，切换频道，屏幕上出现了卡拉OK的画面。二人又碰了一下杯，女人喊着："慢慢喝，慢慢喝。"然后放下手中的杯子说，"这音乐多好听呀，来，我们何不跳一曲。"说着，女人主动伸出手去。这是个慢三曲子，二人随音乐的节奏摇摆，动作逐渐变得缠绵。"哎，我们这样才是不负这美好的夜晚。"女人说。

二人越搂越紧。第一曲，二人尚未突破底线；第二曲一起，女人用双手搂住艾军的腰，踮起脚主动去吻他。艾军实在是稳不住了，一把将女人搂进怀里……

昨晚艾军在女人家过夜，小小打电话来说，明天妈妈要做手术，于是他起床后就直接赶往了医院。

十九　一份账单

肖文武该办出院手续了。医生把单子开了，护士把单子送进病房，让他到住院部去办手续。儿子在外地，老婆说要开会，就都没来接他。

孙小美听说肖文武出院，心里怪怪的，好像少了点什么，一下子不习惯起来。

护士又问："你家属没来？""没来。怎么，办出院挺复杂吗？""不是，领导，主要是结算中心那边要排队。"肖文武说："没关系，我自己来就行了。"

"小小，去帮叔叔排下队。"孙小美说。

"好好好！"小小立马应道。

"不麻烦你们了！"肖文武说。

"没啥子麻烦，娃娃闲着也是闲着。"孙小美坚持说。

"对对对！你们病友之间互相帮下忙。"护士在旁边帮了一下腔。

肖文武见人家挺热情，不好拒绝，就带小小到结算中心去了。

肖文武到结算中心一看，好家伙，两路纵队，排到大厅门外又拐了一个弯。肖文武和小小一人排了一队。

"肖叔叔，恭喜你，病治好出院了。"小小主动找话题。

"你妈妈也做完手术了，不会有大问题，过不了几天她也可以出院了。"

"但愿吧！"小小说。

二人这样并排着交替往前挪。

小小把话题重新引回前几天的话题上去，问肖文武："叔叔，那天你还没有回答我，你是做什么的？"

"哦，我嘛，是当兵转业的，平时呢，业余搞点创作。"肖文武回答小小。

"那你一定很厉害啦！我听他们都叫你领导，那些医生护士对你的态度都不一样。"

肖文武反问道："是吗？我咋没看出来？"

二人正说着，前面吵起来了，原来是有人插队。保安过来维持秩序，把那人揪了出来，冲他嚷嚷道："到后面排队去。"那人嘟囔道："啥子嘛，看个病还这么麻烦。"

排了二十多分钟，小小这边队列先排到，小小同肖文武交换了一下位置。肖文武把住院部开的条子递进去，那人把社保卡给他退出来，说："收好！我这个窗口只能算账，对面管收钱。"肖文武哦了两声，伸手到窗口把社保卡拿了回来，拉开手包放了进去。

结算很快就完成了，因为是电脑自动生成，很方便。小小的前面也只剩一个人了，小小催促肖叔叔："快点快点！"肖文武来不及多看，急忙把窗口退出来的账单连同社保卡拿给了小小。里面的人问："是省医保吗？"肖文武在旁边接上话说："是是是！"里面又说："把身份证拿出来。"肖文武又从手包里掏出身份证递进去。

"你要补交一万五！"

肖文武一听，忙问："咋可能呢？上次才交了一万块钱的。"

"办不办？不办下一个。"

"办办办，但我总要问清楚了才办不是？"

"不用问，这电脑算的东西错不了。你这里面有好多项目都是自费的。"

"那医保就没有报销啥子钱哦？"

"报销了两万多，你一共是五万多点。你可以到那边服务台打个清单，回去慢慢看。"

肖文武又把工资卡递进窗口，补交了费用。小小也不服气："医院收费咋这么贵？走，叔叔，我陪你去打个清单出来。"

到了那边又要排队，好不容易排到了，肖文武递上就诊卡，那边吱吱地打印了好几分钟，清单有厚厚一沓。里面的人说："20元。"肖文武问："什么钱？"里面的人说："打印费呀，这是经物价部门审核过的，正常收费。"肖文武无奈，只好又从手包里掏了20元现金递进去。然后，里面的人从窗口塞出来一大沓单子，肖文武随手翻看了两页，然后卷上，准备拿回去再看。

肖文武不看不知道，一看吓一跳。整个账单打印了四五十页，多数使用的是专业术语，比如糖盐水叫葡萄糖氯化钠注射液，比如CT叫电子计算机断层扫描，肖文武看得云里雾里。

当然，这些只是看不明白而已，还有许多看得明白想不明白的东西：挂瓶费、床单费、棉签费……难道护士的工作不包括打针、挂瓶子？难道住院需要自带被褥床单？棉签一天又能用几包？

肖文武再看看出院带的药，足够他吃半年。

隔行如隔山。肖文武手捧账单在那里发呆，他想象着这几十页账单少说也有几间房子长吧，那上面几百个明细项目是怎样被命名出来的呢？也许是社会进步导致社会分工愈发精细吧，这真的是一种社会进步吗？

小小接过账单说："叔叔，我帮你看看。"看了几页之后，她感慨道，"真奇葩！"

不看还好，一看就让人生气。肖文武思前想后，还是觉得有必要问个明白，于是来到护士站找到护士长。护士长说："具体的我也给你解释不清楚，反正每一个收费项目都是物价部门核准了的。"

这边正说着，一个护士进来报告说："护士长，上周那个逃费的又回来了。"

"既然跑了，他为啥子又要回来呢？"

"听说是伤口感染了，这才又跑回来。"

"那咋办？他还是没有钱？"

"院长到科室来了，说这件事惊动了上面，卫生局要求，把救死扶伤摆在第一位，先治病救人，钱的事再研究。"

听了这番话，护士长又问："该不会影响我们科室的绩效吧！"

"领导，你也看到了，我们这里的情况就是这样的。你放心，我们绝对不会乱收费。"

肖文武听了这番话，有一种无力感，他心想，国家的投入就这么点，搞了几十年以药养医的基本政策，医院还不搞点钱来扩大发展？虽然多花了几个钱，把病治好，就算是万幸了。

二十　第一次手术之后

　　肖文武手术后，出院复查发现两项指标偏高，一项是转氨酶，一项是甲胎蛋白，特别是甲胎蛋白值是 $105\mu g/L$，远超正常值 $8\mu g/L$，必须严密监测，查明原因。卢教授开了一些药，叫他过段时间再来复查。

　　肖文武想请卢教授吃个饭。他知道，现在社会上许多人都给医生红包，但他不能那样做。他坚持认为每个医生原本都是纯洁的，学医的动机都是救死扶伤，是后来受到了社会的污染，心理才起了变化，即便如此，起了变化的也是极个别的。于是，他想应该请他们吃个饭，以示尊重。

　　肖文武为了表示重视，专门从酒柜里翻出两瓶当年首长送的茅台，早早地摆在餐桌上。卢教授看了，说："哟，领导今天请我们喝这么好的酒啊！""你放心喝，茅台是我老首长送的。""喝这么好的酒，意思就变了。"肖文武忙问为啥。"因为我们不是冲着吃你一顿饭来的，我个人认为这是与病人的进一步交流。你看，住院本来就花了不少钱，现在你又花这么多钱，喝这么好的酒，这不是浪费吗？这叫我们于心何忍啊！"肖文武见拗不过卢教授，只好把茅台拿下去，换了瓶长征干红。卢教授又说："把菜单拿来我看一下，有的我吃不得。"

看完后，他把海鲜类的都减了下去。护士长在一旁念叨："卢教授每次都这样，替病人着想。"

席上，肖文武问卢教授："甲胎蛋白为什么还是这么高呢？"卢教授没抬头，也没有回答。肖文武又自言自语道，"要说也降了不少，从265降到了105，但比起标准值还是高出那么多。"卢教授仍然没有说话，只是抬头望着他。肖文武又问，"教授，你有什么办法让它降下来吗？"这下卢教授开口说："我见过最离谱的一个病人，甲胎蛋白高达1080，一两个月居高不下，并且找不到合理的解释。"稍作停顿，他又接着说，"医学这个东西很神奇，好些问题并不是都可以下个结论，你得反复观察反复试，这叫探索。"肖文武似懂非懂地点点头。

卢教授又说："现在医学界有人主张治疗癌症，尤其是肝癌，标准处方是手术之后跟进两个疗程的放化疗。为什么？担心癌细胞偷偷地转移，趁癌细胞未发现，给它来个大包围，这叫作宜将剩勇追穷寇。"肖文武一听，正猜测这是不是卢教授为自己准备的下一步治疗方案，又听卢教授继续说道："不过，我对这个持保留态度，在没有查明是否转移之前，贸然使用杀器，其结果只会杀敌一千，自损八百，在消灭癌细胞的同时，杀死许多正常细胞，这样会使人体免疫力下降，不利于同癌细胞做斗争。"肖文武越发听得一头雾水，卢教授的助手冯医生猛然插了一句："也可以试试靶向治疗。"

卢教授回应道："这个靶向治疗，实则也是属于化疗的范畴，只不过它发力更加精准，对身体损伤小。不过，你首先要确定靶在哪儿。"卢教授又对肖文武说，"当然，你这种情况也可以试一下，不过目前价格有点贵，一次做下来要十五万，而且全自费。"肖文武听了心想，十五万块钱该出还是要出，命比钱重要，关键是教授说的靶在哪儿？

冯医生听了教授这番话，伸了一下舌头，狡黠地一笑，由于极力克制，以致没有被觉察到。

卢教授说："你这个情况，下一步还是先观察。我们做了那么多手术，有立即就降下来的，也有居高不下的，当然也有一点点慢慢往下降的。你十天后来复查一次。"

餐厅服务员把账单拿给了肖文武，他一看，总共不到五百块钱，七八个人，人均60元。肖文武觉得这顿饭太朴素了，心里过意不去，但卢教授说这样挺好。

十天后，肖文武按时到医院复查，这次查了一下血常规、生化、甲胎蛋白，还有彩超造影。

化验的结果没什么变化。彩超造影显示，肝的右叶边缘有一块2至3厘米的创面疤痕，发现了一个0.6厘米的囊肿，还发现了一个0.3厘米的结节，周边有少量血流活动，需要进一步观察。

医生建议，求稳的话，最好做一个派特CT。医生说的派特CT就是通过PET和CT联合成像，引入放射性核素进行显像，精准度高。一个全身派特CT收费9900元，而且全自费。肖文武咬咬牙，做了。第三天，报告出来了，结论喜忧参半，全身未见癌细胞转移，但肝脏上仍然有疑点，医生说肝癌复发的可能性大。

这一结论让肖文武两天没睡好觉。

卢教授一手拿派特CT报告，一手拿彩超造影片子，反复比对，最后，他喊来彩超室的专家会诊。大家一致认为，那个0.3厘米的结节最值得怀疑。卢教授问B超室专家吴强："那个部位有办法吗？可不可以够得到？"吴强说可以。卢教授听了这话说道："要不我们给他烧掉，怎么样？"

孙小美做完子宫切除手术，复查了几次，妇科的问题解决了，但肝上的几项指标一直下不来。肝胆外科的医生不敢轻易让她出院，她只好留院观察。

夜深人静，孙小美经常睡不着，睡着了就开始做噩梦。

她想起肖文武的外貌，想起他的举手投足，想起他的善解人意，感觉有点忘不了他，他似乎走进了她心里。孙小美内心有这种感觉一点都不奇怪，肖文武和艾军，一个天上一个地下。她也不知道艾军从何时起，变得这么冷酷、这么市侩、这么贪财。至于贪色，孙小美现在还没有察觉，不过，这只是早晚的事。

出院时，肖文武主动给她留下了电话，说有事找他。这会儿，她还真想同他交流交流，想对他说说自己的情况，也想问问他复查的情况。只是，她没有想好，应不应该给他打电话，也不知道他会不会主动给她打电话。

前段时间手术，孙小美在床上躺了一天一夜，浑身不自在，拼了老命坐起来，可当她刚下地迈出第一步，就一头栽倒在地。小小连扶了她两次，因力气太小扶不起来。肖文武嗖的一声翻身下床，一把抱起孙小美，又用另一只手掐孙小美的人中。孙小美醒来，觉得有一只大手正有力地托在她腰上。孙小美抬头看见肖文武正在掐她的人中，便轻轻地微笑了一下。现在她回想起来，仍然沉浸在幸福中。

二十一　消融

　　卢教授决定，再给肖文武做一次消融手术。

　　卢教授说的消融手术是微创技术，就是在超声波的引导下，把一根细细的消融针穿刺到肿瘤组织的内部，利用热效应杀死癌细胞。人们更习惯叫它"烧掉"。

　　肖文武第二次被推进手术室，同上次一样，先是被绑定在手术台上，等待片刻，消毒净身。他感觉医生在他身上圈点出了几个下刀的地方。然后询问他的姓名、住院号等信息，有点像验明正身。再后来的事肖文武就不记得了。

　　一根消融针在彩超的引导下，刺穿皮肤、皮下脂肪层，在前方遇到了一个小小的阻力。医生发现，肖文武的皮下组织有粘连，不得不先解决粘连的问题，然后继续向病灶区域搜索前进。来到肝脏区域，吴强首先找到那个囊肿组织，继而在周边搜索。"找到了，找到了，应该是它！"吴强兴奋地告诉卢教授。经过与先前图像上的位置、大小作比对，吴强确信无疑。

　　"打了！"卢教授一边说，一边在彩超的引导下，将消融针扎进那个病灶组织的内部。"我打了啊！"卢教授在发动打击前再次与助手们商量，以确保万无一失。外科手术，讲究的是精准打击，手到病除。一束电流顺着金属针线，急速流至消融针顶端，局部温度瞬间达到了100摄氏度，那个小组织瞬间变成了一个黄豆大小的疤。要不是被肚皮包裹着，定能闻到一股令人作呕的烧焦味。

这些情形，肖文武全然不知，浑然不觉。睡着时发生的事情算不算经历过呢？肖文武觉得有点蒙。

不知什么时候，肖文武觉得被一个穿白大褂、个子偏高、体型偏瘦的医生推着在走廊上走，旁边有两个漂亮的女护士帮手……推着推着，他们就走向了一个旋涡，那个旋涡很深，似乎是一个深不可测的洞。他们在洞的边缘急速旋转下降，又像是走进了时间隧道，要去追赶自己的过去。又过了一阵，他听到了医生护士拿放手术器械的声响，叮里咣当的。

护士说："卢教授，病人醒了。"

"不管他，提前一点点醒了，麻药给少了，我这边马上就好！"

肖文武提前醒来，大脑知道医生在为自己做手术，可身体一点知觉都没有，这就是人们所说的半麻状态。这次经历，肖文武一直忘不了。他见识过麻醉让人睡过去的。他们单位的秘书长到总医院做一个小手术，院领导高度重视，对每个环节都仔细地研究部属，专门选了一个最老最权威的麻醉师做麻醉，尽管如此，一针下去，秘书长呼吸骤停。全院各科专家对秘书长实施大营救，才把秘书长从死亡线上拉回来。

手术完成，卢教授长舒了一口气，心里在想，这回可以给肖文武一个合理的解释了。

护士把肖文武推到手术室外，等待其他护士送他回病房。这里已经有两个病人，其中一个哼哼唧唧，大约是麻药劲儿过了，声音越来越大，想引起医生的注意，但一直没有人理他。不知道疼痛感是否有传染性，肖文武在他的影响下，也觉得肚子疼了，那种疼来自身体内部，不像扎针、刀割那种刺痛，那种疼无法忍受。肖文武想呻吟，又觉得不好意思。自己行伍出身，上过战场，被弹片划破肚皮都没哼一声。那根支撑着他没有倒下的柱子无形无影，却力大无比，压不垮，折不断。人只要精神不倒，一切皆存。肖文武强忍着不吭声，安慰自己，打镇静剂跟打麻药差不多，对大脑都有损伤，影响记忆力。

大约过了十多分钟，那个叫唤得厉害的病人终于被接回了病房。肖文武的痛感也减少了许多。

"你叫肖文武吗？我接你回病房。"一个护士把肖文武推走了。

卢教授对助手说："这个病人，记住明早抽饿血，复查甲胎蛋白，顺便也查一下血常规和生化，看看术后相关的生命体征指标。"

肖文武这次手术十分成功，转天就能下地了，又喝了少许稀饭。只不过费用高一些，一根射频消融用的消融针就是9300元，全自费。

肖文武感叹，科学技术太神奇了，真是赶上好时代了。

二十二　影子一样的问题

　　孙小美的妇科问题解决了，然而其他的症状非但没见好转，反而不断地加重。主要表现为：一是拉肚子不但好不了，反而越来越严重了。开始一天拉四五次，现在一天要拉十多次。二是吃不下东西，特别是闻不得油味。三是人迅速消瘦，体重减少了十几斤，她本来就瘦削的脸庞几近脱相，眼窝下陷，颧骨凸起，脸色蜡黄，没有光泽。为了保持容颜她不得不时刻补妆。后来，她干脆把化妆盒放到床头柜上。

　　小小见妈妈吃不下，就给她的食谱变着法换花样。手术后，小小听人说喝乌鱼汤有利于伤口愈合，野生乌鱼最为上品，就骑车数十里给妈妈找乌鱼。见有人在路边卖乌鱼，声称是野生乌鱼，小小一口气把两只都买了。小小将乌鱼炖好端给妈妈，孙小美浅尝几口，觉得肉质粗糙，便弃在一旁。护工见了问小小："在哪里买的乌鱼，多少钱一斤，可是野生的？野生的吃了才好。"小小说："在路边买的，50元一斤。"护工说："妹儿，你上当了！野生乌鱼现在可不好找了，我男人是打鱼的，他教过我，看乌鱼是否是野生的主要是看颜色。野生乌鱼全身都是黑色的，肚皮上的花纹发黄；家养的颜色浅，肚皮上的花纹发白。"小小问："在哪里能买得到？"护工卖了一下关子，说：

"你要是信得过我，我就叫我们家的那个老几（男人，川西一带戏称）给你们带两条，价钱有点贵哦，80元一斤。""贵就贵嘛，明天你给我们带两条来！"小小说。护工又说："明天不一定行，野生的要碰运气，不好买。"就这样，几经周折，小小终于给妈妈买到了野生乌鱼。炖了几次，怕妈妈吃腻了，又专门去买了土乌鸡熬汤喝。她又听人说砂锅炖鸡营养好，为此，小小每次都用砂锅炖鸡。

小小做了这么多好吃的，孙小美一次吃不了那么多，加热饭菜就成了问题。医院为了防止病人家属私拉电线，造成安全隐患，就在每个住院部的科室里，放置一台公用的微波炉，一开始不收费，后来有人煮东西，长时间占用，就开始收费了。价格几次上调，来用的人才少了点，但赶上饭点仍然要排长队。有一次，冯医生看见小小在那里排队，就叫她过来，用医务人员的微波炉给她热了饭，并说以后热饭都可以去找他，还帮小小把做的汤存在他们的冰箱里。望着冯医生，小小连连道谢。

孙小美这些症状，只不过是病情加重的表现而已。具体的病因是什么、病灶在哪里，一直是医生头疼的问题。隔几天一检查，甲胎蛋白、转氨酶这些肝脏主要指标一路走高，这让医生们很困惑。这天，卢教授又邀请其他的肝胆胰专家来为孙小美会诊，大家七嘴八舌地讨论了好久。你说是肝上的问题吧，增强CT和核磁共振都检查过了，有问题应该能发现呀！你说是胆和胰腺有问题吧，病人又可以自主饮食，腹部平扫和核磁共振也没有明确什么问题。最后，大家一致认为，为了慎重起见，首先要想办法把问题查清楚，否则，没办法做进一步治疗。

卢教授查房首先来到孙小美这里。他看着孙小美一天天瘦下去，觉得很惭愧，想尽快给她一个交代，就像给肖文武交代那样。他安慰孙小美："孙小美，你不要着急哈，你看隔壁这个肖……啥子呢，我们又给他做了第二次手术，结果指标一下子就下来了！你要相信我们，做好配合，不要东想西想，保持乐观的心态很重要。"孙小美答应卢教授说："好好好。"

卢教授接着说："你家里经济条件咋样？买了多少医保？"孙小美说："家里条件还可以，做点小生意。"卢教授又问："我们想给你做进一步检查，不过费用有点高，不能报销，全自费，行不行？"孙小美心想，花钱不要紧，但也不能太高，太高了负担不起。卢教授说："要9900元！""啊？做一次检查9900元？"显然这个数字超过了孙小美的心理预期，她踌躇道："那得等我和家里人商量一下再定。"卢教授说："那我们先不下医嘱，等你回去商量好了再告诉我们，不过要快一点。"

下午小小没课，跑来医院陪妈妈。冯医生到病房叫走了小小，孙小美见他看小小的眼神不对劲儿，有点不放心。半小时后，小小回到病房，孙小美问她："冯医生和你谈了啥？""妈，没谈啥子，就谈了派特CT检查的问题。"小小说。"太贵了，妈不做了。"

小小着急地说："妈，钱算什么，人才最重要。你挣那么多钱，留着干什么？"

"留着给我们小小做嫁妆呀。"

"一套嫁妆也要不了多少钱啊！"小小接着说，"我不管，反正我已经签了字，同意给你做派特CT。这事我做主了。"

孙小美又问："要不要和你爸商量一下？"

"妈，还商量啥？冯医生都给我们内部价了。再说，爸最近也不知道在忙啥，整天见不着面，也不管我的学习，就好像我不是他亲生的一样！"

"别瞎说！以后不许你再说这种话。"

孙小美见拗不过小小，做派特 CT 的事就这样定了下来。

孙小美更担心的是小小，一个大姑娘，正值青春，未经人事，没有防备之心。凭直觉，她觉得冯医生看小小的眼神有点不怀好意。孙小美决定从侧面给小小提个醒。

晚上，孙小美让小小坐在床上，问她："你知不知道老家有一个石牌坊群？"小小说："只听说过，没见过。""那你知不知道牌坊群里都有哪些牌坊？"小小说："不知道。""那妈妈今天就给你讲一讲。牌坊呀都是过去用来表彰那些道德模范的，有官方立的，也有民间自发立的。这里的内容很多，但主要是旌表清官的德政牌坊、旌表孝子的孝道牌坊，还有旌表女人的贞节牌坊。"孙小美觉得很累，小小赶紧递过一杯水，她喝了一口，然后接着说，"有一尊牌坊是旌表一家儿媳妇的，这家的男人，前后五代都早逝，这家前后五代的女人都守寡，被称为一门五烈。乾隆皇帝知道后，专门下诏表彰这一门五烈，县衙就为这家的几代女人立了一块贞节牌坊。这女人啊，就是要守妇道，嫁鸡随鸡嫁狗随狗，不能随便，用今天的话说，就是要检点，说话办事要有分寸，男女有别。"小小说："妈，我知道了。"

孙小美接着说："有些话，妈从来就没有给你讲过，妈当年为什么出来自己干？当时有人举荐我当校长接班人，但见我不愿跟他们走得太近，说白了就是不愿意跟他们拉拉扯扯的，就反过来给我穿小鞋。我一气之下，就辞了'铁饭碗'出来闯荡。"

"妈，你突然给我说这些干什么？"

"傻丫头，妈就是想提醒你，干什么事情都要保护好自己，和医院里那些人打交道要有分寸。"

小小点点头，表示知道了。

孙小美被通知晚上十点后禁食，为明天的检查做准备。

二十三　惊奇的重逢

孙小美被绑定在床上，双手高高举过头顶，一会儿吸气，一会儿吐气，来回几次。她仔细观察了一下头顶的仪器，它和核磁共振仪器差不多呀，怎么就值 9900 元？又想，这玩意儿也怪哈，人就这么在里面待一会儿，怎么就什么问题都能被发现呢？她又想到小小，自己住院这段时间，她三天两头往医院跑，这样影响学习。肖文武是个好人，又帅气，即使病了走起路来腰板都是笔直的，他总是在关键时刻搭把手帮她。也不知道他出去后恢复得咋样了？

孙小美想着想着，就听扩音器里面喊："孙小美，可以起来了。"

孙小美起来踉跄了一下，慌忙去扶墙壁。护士问："孙小美怎么啦？"医生说："没事，低血糖，叫她赶紧去吃点东西。"护士又喊："孙小美的家属来了没有？"小小在外面应道："来了来了！"护士提醒道："病人低血糖，赶紧扶她去吃点东西。"

小小一边扶着孙小美，一边安慰道："妈，没事，主要是你昨晚到现在都没吃东西，平时吃得又少，身体底子有点薄。"

二人在医院附近找了一家卖稀饭的小餐馆，要了一碗八宝粥、一碗瘦肉粥，交换着吃了。

此时，肖文武被人推到病房，抬到床上。他瞪大眼睛盯着头顶的液体，伴着嘀嗒嘀嗒声，看着这些混合了自己不甚了解的药物的液体一点点流入自己的血管。他觉得医学很神奇，医生很神奇，人体很神奇，你说这水怎么就能直接进入血液里？一个漂亮的实习护士走近问道："是肖文武？六小时内不能睡枕头，知道了吗？"肖文武点点头表示知道了。护士又说："我给你加药了，是消炎的，这瓶输完了还有两瓶。"

肖文武又住进了之前住过的病房，同室病友还是孙小美，只不过他俩调换了位置：自他出院后，孙小美换到了靠窗户的床位。

起初，小小不知道妈妈的新邻居是谁，听护士喊肖文武，小小才晓得他又住进来了。小小赶紧走到肖文武床头，望着他喊道："肖叔叔，怎么又是你？"肖文武微笑着冲她点点头。小小又问，"这次又怎么啦？不要紧吧！""没事儿，只是做了一个小手术。"小小说："有啥子需要帮忙的你说一声。"然后，又替肖文武检查了一下液体和针头。小小回到孙小美床前对她说："肖叔叔又住进来了，可能没啥大问题。"孙小美应了句："没大问题就好。"

小小刻意观察了一下医生给肖文武的液体处方，没有发现放化疗药物，心里一阵欣慰。此时，母女俩都打心眼儿里替这位萍水相逢的病友感到高兴。此前，母女俩对肖文武的病情放不下，不止一次讨论，说隔壁肖叔叔都做手术了，甲胎蛋白怎么就下不来呢？

此时，肖文武也正在纳闷：这个孙小美怎么搞的，我都走了一个多月了，她怎么还在这里啊！难道她的病情恶化了？一种不安感从他心头闪过。

孙小美叫小小把床头摇起来，自己扶着床下了地，来到肖文武床头，跟他打了一个招呼。

　　肖文武看到眼前的孙小美又瘦了一圈，眼窝更深了，颌骨也更加突出，眼睛里的神采少了许多，整个人看上去轻飘飘的。不过，肖文武觉得孙小美的风采还在，确实是美人胚子。

　　尽管是在病房里再次相遇，二人仍有一种重逢的欣喜。

　　这次意外重逢同样给小小带来了惊奇，或者说最高兴的就是她。此时小小的心里已悄悄地起了变化：眼前这个男人，从陌生到相识，又从相识到相知，他那种沉稳和淡定，诚实和谦逊，博学和勤奋，甚至军营锻造出来的行为举止，似乎正一点一点地走进她的心里。小小在心里告诉自己：今后我要找他这样的男人。

二十四　一个正确的决定

转天早上，护士推着工作车来到病房，啪的一声按下开关，屋里的灯一下子亮了。灯光刺得孙小美和肖文武睁不开眼。护士喊道："3床孙小美，4床肖文武，抽饿血。""唉，怎么都要抽啊？""不会搞错的，你们二位一个男的，一个女的，检查的项目也有不同。"护士解释。

肖文武的复查结果第二天就出来了，甲胎蛋白一下子回落到 $2.3\,\mu g/L$，在正常值 $8\,\mu g/L$ 以内。卢教授心里乐滋滋的，查房时特意对肖文武说："这下可以回答你的问题了，现在看来，那个疑点就是问题的症结所在，它就是甲胎蛋白居高不下的元凶。过两天你就可以出院了。"说这话时，卢教授底气十足。肖文武心里的一块石头落地了，喜悦之情溢于言表，连说了三声谢谢。卢教授回应道："这就见外了，我们做医生的，治病救人是本分，找到病人的问题是治病的第一步，也是最关键的一步，在这个基础上才谈得上治疗和治愈。"肖文武点头表示赞同卢教授的观点。

第二天，冯医生查房，给肖文武讲了癌症治疗的标准流程，以及如何防止癌症转移和复发，并动员他做放化疗，进一步追杀癌细胞。冯医生欲擒故纵地说道："当然，不愿意做呢，还可以选择新技术治疗，这种新技术就叫靶向治疗，只不过要自费，贵一点。"

冯医生走了以后，肖文武马上给几个朋友打了电话。第一个是部队战友，某军医大学毕业的卫生队队长林小炼。林小炼说："放化疗现在争议很大，说白了，就是往一个人体内注射化学毒品去毒杀癌细胞，这种办法是歼敌一千，自损八百，我不太建议做，除非医生说是必须的。"

"如果做靶向治疗是不是好一些呢？"肖文武又问。

"问题是谁知道靶在哪儿啊？"林小炼反问肖文武。

肖文武从林小炼的话里听出他是持反对态度的。

肖文武咨询的另一个人是老家的同学唐俊，他在县医院是技术权威，正高级职称。唐俊思考了一下说："目前国内外治疗癌症的通行做法是要跟进一两个疗程的化疗，不过，这要因人而异，并不是每个人都是必须的。"

肖文武心里打鼓，于是，又找卢教授讨论，卢教授说："治疗的后期跟进放化疗是目前学术界的共识，所谓宜将剩勇追穷寇嘛！我看那倒不一定。"

"教授，听说靶向治疗很神奇，可以追杀癌细胞？"

卢教授沉默了一会儿说："这项技术尚在探索中，并不是对所有的癌细胞都敏感，关键是树立正确的靶向，这很难。"

"我出院后要注意些什么？"肖文武又问道。

"现在社会上，包括医学界的一部分人认为，西藏的虫草可以提高免疫力，对癌症特别是肝癌的辅助治疗有好处，有条件的话，你也可以整点来试试。此外，就是要注意饮食结构，既不能太油腻，也不能缺营养，因为你血脂血糖高。"

躺在床上，肖文武翻来覆去地想这个事，怎么也理不出头绪来，不敢轻易决定下一步的治疗方案。

打开手机，他找到卖虫草的网页，好家伙，西藏虫草不是论斤卖，而是论根，一根虫草竟然被炒到了120元。肖文武感慨，这真是仙草啊！

正在这时，孙小美喊着要上洗手间，小小取下输液瓶用手举着，另一只手搀扶着孙小美下了地。小小看见有血回流到输液管里来，便把瓶子往上举了一下，血又流回血管里去了。小小把瓶子举得高高的，孙小美解完手，在小小的搀扶下站起来，照照镜子，见自己又瘦了一圈，心里不免有些难受。小小劝道："妈，没事。"小小扶孙小美回床上躺下，又把床摇起来，这样，孙小美就半倚在床上。然后，小小又把化妆盒递给孙小美，让她补妆。

把自己收拾了一下后，孙小美问肖文武："肖叔叔（川南习惯跟着孩子叫），你和医生讨论的靶向治疗是怎么回事啊？"

"哦，你是关心靶向治疗吗？听医生说它与传统的化疗相比能够识别敌友，只杀死携带突变基因的癌细胞，对人体正常细胞一般没有影响，也就是有的放矢。不过，也有人说，靶向治疗实质上也是化疗的一种。"

"那这个靶向治疗也不是谁都可以做的吧？"孙小美又问道。

"我听说对肺癌比较有效。"

孙小美叹息道："唉，检查来检查去，也不知道我到底有啥子问题。"

肖文武安慰道："孙老师，你不用着急，没查出来问题是好事。"

"没有问题，为什么那些症状越来越重呢？"孙小美说出了自己心里最大的疑问。是啊，没有问题，为什么那些症状不见好转呢？这不但是孙小美最担心的问题，也是卢教授他们最纠结的问题。

肖文武见她着急，便劝道："孙老师，没事的，你好人有好报，女儿又是学医的，即使有点小问题也不要紧。"

"我就担心是大问题。"

肖文武继续劝道："你看我吧，查出来的问题不小吧，肝癌，但发现得早就有办法，关键是你自己精神不能倒。"

"你说的也是哈！我听说癌症病人很多都是吓死的，就是这个意思吧。你像我这个人吧，病了那么久，做了那么多的检查也没有一个结果，我就像一个罪犯一样，在等待法官的宣判。"

"孙老师不必那么悲观，现在医学这么发达，网上都在说攻克癌症只需要五年时间，到时候治疗癌症就像当年治疗痨病一样简单。"肖文武说。

"谁知道我还能不能活到那一天。"

"所以，我们都要努力，配合治疗，把病情稳住，先治标再治本，治标为治本赢得时间。"

听了肖文武一席话，孙小美紧锁的眉头有了些许舒展，甚至露出了一丝微笑，仿佛是肖文武带给了她新的希望。她甚至希望肖文武永远和她做邻居，但很快又自嘲地想：这怎么可能呢？痴心妄想吧！

肖文武和孙小美这么一讨论，好像找到了某个拐点，自己也豁然开朗起来，他毅然决然地做了一个决定：不化疗、不放疗，更不做靶向治疗。

二十五　有争议的措施

卢教授听着助手给他汇报：派特CT的检查显示，孙小美的肝脏背后，在肝胆胰的接合部位有个疑点，但具体拿不准是什么问题。这个部位是一个死角，也就是盲区。放射科的医生认为，肝癌的可能性大。孙小美的血液检测报告显示，转氨酶突破了1100u/L，甲胎蛋白已经到了560μg/L。孙小美的生命体征正在继续恶化。

卢教授心里清楚，这些体征，加上派特CT给的结论，问题基本锁定了，他反复琢磨，问题究竟出在哪里呢？不知道问题在哪里，又怎么下药呢？

各科室医生又被卢教授请来会诊。

肿瘤科的专家说："现在国内外比较通行的做法仍然是化疗，化疗是目前抑制癌细胞繁殖的有效手段，它还有一个功能，就是术后追杀癌细胞。"

卢教授听罢，只淡淡地说了句："我担心她身体吃不消。"

肝胆外科的专家说："外科手术拿掉病灶才是硬道理。"

卢教授听罢，还是淡淡地说了句："问题是病灶在哪里？"

"我看，要不就先上一个靶向治疗，对癌细胞追剿一次。"中西医结合科的专家说。

"靶在哪里？病人经济条件允不允许？"卢教授接着说，"总之要慎重，既要考虑治病救人的方案，又要考虑病人的承受能力。"

面对三个方案，卢教授既没有明确反对哪个，也没有明确肯定哪个。他想再听听患者和家属的意见。但是，还没有等到孙小美的女儿小小来，冯医生便捷足先登了。

这天晚上，趁着值夜班的时机，他找到孙小美聊了聊治疗的事。

"孙小美，你这几天身体状况怎么样了？"

"身体状况还行吧。"孙小美随口应道。

"你的检查报告出来了，可以肯定的是身体有问题，但究竟问题出在哪里还要观察。所以，你现在的治疗方案不好定。"说这番话的时候，冯医生仔细留意着孙小美的表情变化，见孙小美流露出不知所措的眼神，他不紧不慢地继续说，"现在国外发明了一种医疗技术，就是有一种药物，打进人体后，它专门吞噬癌细胞，而且还不破坏好细胞。当然啦，也不一定就是癌细胞哈，只要是坏细胞它都可以追杀。"

孙小美一听，好奇地瞪大眼睛问道："有那么神奇的东西？"

冯医生故作高深地回答："怎么没有，现在的人很聪明，科学那么发达，什么办法想不出来！"

孙小美听话听音，早就怀疑自己是癌症，听冯医生这么一讲，便对自己的病情更加疑神疑鬼了。于是，她反问冯医生："那就是说，我得的是癌症？"

冯医生想了想说道："那倒不一定，但我们目前还不能排除这方面的嫌疑。"

二人正说着，小小从外面回来了，手里拿着一个妈妈最爱吃的烤红苕。

小小被冯医生叫到值班室。冯医生又做小小的工作："孙小小，你是学医的，想必你心里也清楚，你妈得的十有八九是癌症。关键是现在指标那么高，我们一直查不到病灶在哪里，这就要命了。全院的专家会了几次诊，都找不出原因，这就不好拿治疗方案。还有，她那个宫颈癌术后也需要跟进治疗。所以，我还是建议你们做靶向治疗。"

"不过，目前来讲，是贵了点，做一个疗程需要十五万元，就看你们愿不愿意出这个钱了。"冯医生问这话时，既有引导又有激将，小小态度坚决地回答："多少钱并不重要，命比钱重要。"

"那明天早上我就给你下个医嘱。"

二人就这样决定了孙小美的治疗方案。其实，此时二人心里各有各的想法。冯医生心想，孙小美住了这么久的院，做了那么多的检查，输了那么多的液，花了那么多的钱，一直不见什么效果，也不好给家属交代，不如死马当成活马医，做一个疗程的靶向治疗，兴许会有奇迹出现。冯医生的老婆开医药公司，是国外厂商的医药代表，他也得时不时地为老婆做点贡献。

小小心里想，妈妈这个病也不晓得是什么疑难杂症，肝癌的指征那么高，却一直找不到病灶，弄得卢教授医嘱都不好下。妈妈一天天憔悴下去，人都变形了，再拖下去恐怕大势不好。她转念一想：十五万元，那么大一笔开支，我要不要和爸爸商量一下呢？哎呀，还商量个啥呢？为救妈妈的命，花再多的钱，相信爸爸也是乐意的。靶向药物自己也听说过，贵是贵了点，但它对一些特定的癌细胞确实有神奇的治疗效果。眼下也只有这么试一下了，说不定靶向治疗一上，妈妈身上就会有奇迹发生。

二人各有心事，又不约而同地想观察一下对方的反应，于是，二人的目光发生了碰撞。冯医生趁机说："你回去可以和家里商量一下，我等你消息，想好了随时来找我。"说完，他便从白大褂的口袋里掏出手机，与小小相互留了电话。

小小有些受宠若惊，觉得她这个同校毕业的师兄对她家格外上心。

小小轻声地哼着妈妈教她唱的《青春圆舞曲》，一溜烟儿跑回了病房，洪亮地喊了一声："肖叔叔好！"肖文武望着她，脸色微红，两眼放光：兴许是遇到了什么好事，孙小美的病因找到了？不是癌症？那敢情好！

小小见带回来的红苕妈妈没吃几口，便说："妈，你要多吃点，多吃点才有抵抗力。听人说这红苕有抗癌功能，最近都涨价了，我去给你热一下。"说着又哼着曲子一溜烟儿跑去用微波炉加热剩下的红苕。小小一边给妈妈喂着红苕，一边对妈妈说："妈，现在国外有一种最新的治疗方法，叫靶向治疗，它能够精准地杀死坏细胞，而不伤害好细胞。要不我们试试？"说这话时，小小故意绕开了癌细胞几个字。

"我知道，就是冯医生说的那个嘛。咋啦，他也找了你？"

"对对对，就是冯医生说的。"

"我听人说过，那个东西贵得很，一般人怕是用不起哟！"

"妈，有啥子嘛，一个疗程才十五万，我们家又不是出不起！再说了，命重要还是钱重要哇？"

肖文武听了，在一边帮腔道："我认为可以试试，起码对自身损害比较小。"

在小小和肖文武二人的合力劝导下，孙小美勉强同意做一次靶向治疗。

躺在值班室的床上，冯医生反复琢磨，怎么也迈不过卢教授这道坎。他心里清楚，要搞靶向治疗就得下医嘱，下医嘱就得教授签字，当然他也想过背着卢教授下医嘱，但靶向治疗总得输液吧，搞治疗总得护士经手吧？想来想去，他又心生一计。

第二天一大早，趁着还没有交接班，他又把小小叫到医生办公室，对小小说："靶向治疗的程序还处于试验阶段，目前还没有纳入国家医保规范，必须是个人自愿，得是你找我要求做靶向治疗，这样，我才好去找卢教授商量，写进医嘱。"小小望着冯医生，心里暗想，等妈妈的病治好了，一定要好好感谢这位师兄。

拿着冯医生给她开的方子——说是方子，实际上是一个便条，小小走出医院大门，向右拐了一个弯，又向左拐了一个弯，来到了一个既不像诊所又不像药店的铺子，然而小小对此并未生疑。

二十六　怜香惜玉之心

又过了半个月，肖文武出院后到肝胆外科复查，见卢教授的电脑上还写着孙小美的医嘱，随口问了一句："怎么这个孙小美还没出院呢？"

卢教授说："你问她啊，说来话长，住了那么久的院，各种检查都做了，就是查不出原因。出不出得去还悬呢！"

"怎么？你俩熟悉？"卢教授补充问了一句。

"哦，不熟悉，只是恰巧两次住院都和她在一个病房。"

"她就不一定有你那么幸运了。我们正在给她做靶向治疗，做完一个疗程再看看吧！"

正在这时，小小来到医生办公室找卢教授："卢教授，我想问问我妈的情况到底怎么样了？"

"你妈呀……"卢教授欲言又止。

肖文武见状欲走，小小却说："没关系，肖叔叔不是外人，妈妈的情况他也了解。"卢教授听小小这样说也就没有顾忌了，他告诉小小说："你妈经过前一阵的靶向治疗，几个指标都有所下降，但我们担心因为明确的病因没有找到，停了药以后会反弹。况且，她现在的体质很差，身体吸收能力弱，营养跟不上，没法支撑其他的治疗手段，我们每天都要给她300毫升的营养液，我正在为这事发愁呢！"

"对了，靶向治疗的想法是你们自己提出来的吗？"

小小犹豫了一下说："是。"

"现在看来，这个靶向也不是对好细胞一点损害也没有啊！这项技术眼下还不太成熟。"

"还能不能再做一个疗程呢？"小小问这句话时，卢教授没有回答。

"小小，走，带我去看看你妈。"肖文武对小小说。小小一听肖叔叔要去看她妈，心里高兴，转身对卢教授说："教授，我们再考虑考虑吧。"

见小小带了肖文武进来，孙小美又惊又喜，欠了欠身子，想坐起来，可手臂力量不够，只好略带歉意地看着肖文武。肖文武见孙小美一脸疑惑，忙说："哦，我今天来复查，碰见小小，听说你还没有出院，就顺道过来看看你。"

此时的孙小美，人更瘦了，颧骨突出，两眼无神。肖文武很是惋惜，如见鲜花凋零。怎么会这样呢？肖文武反复在心里问自己。当然，肖文武表面不动声色，淡定地安慰孙小美："你不要着急，现在医学这么发达，医生总归是有办法的，你要配合治疗。"转过脸去又对着小小说，"小小，你是学医的，要有信心，平时要把你妈的饮食结构安排好。增强体质，就是增强抵抗力，这样才有利于治疗。"

小小一边听着肖文武的劝说，一边想着妈妈恶化的病情，鼻子一酸，两行热泪夺眶而出。肖文武见状忙说："小小是懂事的，你这样叫你妈妈怎么办？我刚才不是说了吗，你们要有信心，网上不是都在讨论吗，人类攻克癌症的时间就在五年之内。你们要积极配合治疗，先把症状控制住。我不是说过嘛，治标为治本赢得时间。"

肖文武安慰了孙小美母女俩，又来到卢教授办公室，对他说道："卢教授，咱们医院在全国都是数得着的好医院，就拿孙小美这个问题没有办法？太可惜了！她还那么年轻，女儿才大学一年级，你们能不能再多想想办法，比如，向北京求援，同301医院、协和医院远程会诊？总之，得多想办法。"

"领导，我们已经想了很多办法，我现在担心……"卢教授欲言又止。

"哦，是不是不方便对我这个外人说？"

"也不是说不得，只是没有把握，目前只是猜测。"

"既然怀疑就不要再犹豫了，该化疗化疗，该手术手术。"

"领导，正因为怀疑她的问题出在肝胆胰的接合部，所以，我们才不好下手嘛。搞了一个靶向，人已经垮了，哪还敢上其他的措施嘛！"卢教授接着说，"前几年，我曾遇到过一个病例，病人的甲胎蛋白上千，就是找不出原因，眼看着人一天天垮下去，病人和家属都强烈要求手术，争取最后一线生机，可上手术台打开一看，肿瘤就长在肝胆胰接合部位，已经扩散，三个器官都长满了，没办法，我又给他缝上。病人连手术台都没能下来。不过，请领导放心，我们一定尽全力抢救孙小美，争取把她从死神手里抢回来。"

肖文武望着卢教授，望着这位身经百战的白衣战士，心想，要是在战场，像他这种人恐怕早已是将军了。

走出卢教授的办公室，肖文武也不知道他为何对这对母女这么担心。人就是这么奇怪，无论高低贵贱，只要有一次同甘苦共生死的经历，命运似乎就把他们绑在了一起，让他们有了一荣俱荣一损俱损的关系。

肖文武重新回到病房，将电话号码留给小小，小小往手机里一输，里面跳出来一个同样的号码，小小说："叔叔，已经存了。"肖文武又说："你要照顾好妈妈，有什么事给我打电话，你们不好对医院讲的，我来对他们讲。"

回家的路上，肖文武一直在想，自己能为她们做点什么？想来想去，觉得自己既不是医生，也不是家属，能做些什么呢？他猛然想起，自己每周不是都要炖一只乌鸡吗？不如每次炖了都给她们分一些去。

第二天一早，肖文武到郊外一个农贸市场，花高价买了一只五斤多的土乌鸡，配上一些自己珍藏的补药，炖至肉烂，香味四溢，装入保温瓶，然后打车到西蜀医院。他想了想，自己这样贸然去给一个女人送鸡汤，多有不妥，于是，他打电话把小小喊下来拿东西。

小小上来后，孙小美问："小小，你手里提的啥东西？"

"妈，是鸡汤。"

"哪儿来的？"

"肖叔叔送来的，他自己熬的。"说罢，小小舀了几调羹喂给孙小美吃。孙小美吃了说香得很，小小看到孙小美好久没有吃得这么香了，心里称赞肖叔叔真行。

二十七　温暖的陪伴

肖文武出院，卢教授给他开了一个月的全休证明，他整天在家不是看电视、上网、看书，就是熬汤、熬粥。对于今后的生活，他想了很多，肝癌究竟复不复发？什么时候复发？在哪儿复发？诸多疑问不仅他不清楚，就连卢教授这样的知名专家也不敢说知道答案。

网上说，癌症病人有个关于存活率的说法，五年为一道坎，挨过五年存活率就提高至80%，对此肖文武半信半疑。癌症虽然没有吓死自己，但他并不是没有感到过恐惧。恐惧不是怕死，而是因为自己还有许多事情尚未完成，远大的梦想尚未实现。

这天，肖文武正冥想着，老婆进屋就吼："煳了！煳了！"肖文武才想起来砂锅里熬着海参粥。屋子里弥漫着一股烧焦味，闻起来怪怪的，让人觉得有点恶心。海参对肝脏有修复功能，这是林小炼告诉他的。老婆不高兴地同他争吵起来："哦，你整天在家闲着，连个火都看不好，要是真忘记了关火，还不得造成火灾呀！"肖文武也着实感到委屈：自己大病未愈，思想紧张，整天想的全是有关生死的大问题，你要求我完全像一个正常人那样，怎么办得到呢！

肖文武掏出手机给林小炼打了一个电话，林小炼马上说：

"我给你约两个朋友，喝喝茶。"林小炼知道，肖文武是因为心情不好才打电话求助，现在他正在康复的关键时期，建立信心非常重要。某种程度上说，癌细胞与人斗的就是一口气，你弱它就强，你强它就弱，这也有点像人遭遇一条恶狗，据说狗能够感知人的情绪，知道人是否怕它，进而有选择性地发动攻击。要不怎么说有一半的癌症病人都是被自己吓死的呢？我们得在精神上支持他，帮他树立必胜的信心，然后使他不感到孤独和害怕，力所能及地陪伴他，省得他整天东想西想的。

他们找到了一家茶馆，一人点了一杯竹叶青，等了几分钟，肖文武来了。

"弟兄们好，弟兄们好！"肖文武寒暄了几句，与每个人握了一下手后坐下。"老板，来一杯竹叶青。""首长，你最近吃药，喝浓茶不太好，影响药效。"林小炼说。"咋办？那就来杯苦荞吧。"肖文武接着说，"今天你要是不找我，我都要去找你了。有好多治疗上的事情要咨询你。"林小炼说："今天不谈事，只娱乐行不行？"另一个战友接过话说："来来来，我们搓两把麻将。""对对对，搓两把。"其他人都附和道。

"不忙不忙，等我问完问题再打牌。""好好好，那你先问吧，看来今天不先解开你的心结，是玩不好的。"林小炼说。

"第一个问题，'五年存活率'是什么概念？"

"这个问题只是一般意义上讲的，医学界做了一个统计，发现肿瘤切除后一般在三年左右容易复发，大约占到复发病例的80％，五年内复发的大约占10％。所以，我们医生一般认为，五年之后仍会复发的只是很少的一部分人。"

"'五年存活率'指的什么呢？有资料说，早期肝癌五年存活率为80％，是不是说有80％的人能够活五年？"

"首长，你这个理解不对！'五年存活率'不是说只活五年，而是说基本痊愈。"

"那怎样才能做到呢？"

"这个问题不好说，要因人而异，毕竟每个人的病因和治疗情况以及病灶的部位不同，患者的身体素质和精神状态不同。我打一个不太恰当的比方，癌细胞就好比一条恶狗，它咬人的时候也要看人，对身强力壮、气宇轩昂的人它就敬畏三分，绕着走。对那些萎靡不振、胆小怕事的人，它就扑上来欺负你。你说是不是？我说这话的意思就是，人的精神状态特别重要。至于精神怎么转化成抗癌的战斗力，医学界还没有定论。"

"不过还有很多因素可以影响恢复，比如，是早期、中期还是晚期？得病的部位在什么地方？医生好不好下刀？药性到达了多少？等等。"停了一下，林小炼接着说，"不过，你这是原发性的，是早期，通过各种检查未见转移，这是好事！但绝不能掉以轻心，也有未见转移但又在三年内复发的案例。"

"说半天，你讲的不全是废话吗！"另一个战友对林小炼说。

"不不不，我说的是极端个案，像首长你这样的，这么好的身体底子，加上西蜀医院这么好的医疗条件，还有我们这么多战友保驾护航，能稳稳地过五年！"听到这话，肖文武心里暖洋洋的，还有几分得意，对于头一个"五年计划"充满了必胜的信心和决心。

"打牌！打牌！你们讨论这些话题太沉重了。"一个战友说道。

林小炼说："打牌可以，你们不能赢首长太多了，那样会影响他的心情。另外，必须注意卫生，这是公共场所。"说完这话，林小炼到街上找了一家药店，买了一小瓶酒精喷雾回来，把麻将和桌椅板凳喷了一遍。

那边坐了一桌，这边还多出来几个人，大家又凑了一桌"斗地主"。

大家一边打牌，一边讨论下一步如何治疗。林小炼说："我还是坚持不搞放化疗，等发现问题再说，现在主要是调养好身体。"

"虫草到底有没有抗癌作用呢？"另一个战友问林小炼。

"这个我也说不好，只是听大家都这么说。"

"那个东西太贵了，一般人吃不起。"肖文武接着说。

"吃不起大家想办法啊，我听说虫草是西藏那曲最好的药材，最近我有个小兄弟调到那边了，据他说要比我们这里便宜多了，还可以通过熟人到农牧民家买残次品，不影响药效，但价格只是外面的三分之一。"

林小炼说："首长，我觉得可以买点试试。"肖文武当场想掏钱，被大家劝住了，战友们说："我们先垫上，等买回来再说。"

"对了，我还听说中医院有个医生开的药比较灵，我介绍给你，你找他开两副中药吃吃。"

众人在说说笑笑中玩到了晚上九点多。

知道肖文武是文学青年，星期天，军校同学大兵又约来几个文学界的朋友陪他。他们找了一家宽敞的茶楼，大兵从提包里拿出一本诗集递给肖文武，肖文武一看，诗集名字叫《高原测旗红》，大兵著。翻开扉页，上面写着：文武兄雅正，大兵，于蓉城南。扉页上还摘录了两句诗："每一个高程点，都是一次热血的凝聚；每一条等高线，都是一次生命的延续。"

"大兵，这些年你是笔耕不辍，佳作连篇啦！"

"不敢不敢，我只不过是割舍不下文学这个爱好罢了。"

另一个朋友说："最近，我在鲁艺进修，有位大家来给我们讲课，他讲，文学使人不老，文学可以挽留青春，文学可以延续生命。"

"看看，看看，大家就是大家，一席话，把文学与我们每个人的关系，讲得再透彻不过了。"大兵接着又指着这位朋友说，"哦，对了，忘给你介绍了，这位是《××》诗刊副主编建明，这位是《××文学》副主编卢然……"大兵把几位文友一一做了介绍。

卢然说："是呀，文学挽留青春，文学延续生命，这话一点不假。当年《钢铁是怎样炼成的》这些作品都是有生活原型的，这些作品之所以能够鼓舞几代人，它们的生命力来自对人生独到的理解、对命运顽强的抗争，在抗争的过程中，生命绽放出耀眼的光芒。"

建明接着说："是呀，那些曾经影响过我们的作家和作品，像歌德的《少年维特之烦恼》、狄更斯的《大卫·科波菲尔》，都有我们年轻时的影子……"

卢然接着说："还有我们的四大名著，历久弥新。不过我最近越来越觉得读点中国的古典哲学，像《易经》《道德经》，对写作大有裨益，读后能增强对世间万物普遍联系的理解，可以使我们的作品更厚实，更有张力。"

大家你一言我一语，越说越来劲，越说越深入，弄得肖文武觉得浑身的热血都在涌动，生出满满的正能量，这种能量足以战胜一切艰难困苦，包括癌症。

"文武，前两年你不是一直吵着要写一部关于故乡的小说吗，写得怎么样了？"大兵这么一问，把肖文武问得有些尴尬。"只是开了个头就一直扔那儿了！"肖文武回答道。"那你趁现在闲下来了，抓紧写呀，我们还等着拜读你的大作呢！"

　　肖文武决定重新开始进行文学创作。

二十八　巧遇小小

　　周六，战友们提出到一位战友开的酒店聚一聚，陪肖文武聊天、打牌、散散心，顺便照顾一下这位战友的生意。

　　这位战友开的酒店，可不像某些商务酒店一样，随便在街边巷尾租两层楼，简单装修一下便开张。那是一栋专门盖的大楼，有十几层高，餐饮和娱乐都设在顶楼，一楼大厅的墙上贴着四星级酒店的标志。一切都按照现代化酒店的模式来管理，同时，酒店老板相信部队那一套管理模式不仅能够出战斗力，同样也能够出经济效益。他们的战友管部队有一套，收拾人也有一套，因此，退役后被他之前手下的兵——这家四星级酒店的老板聘为总经理，年薪 60 万元。除此之外，还放权给他，大额业务折扣在 20％之内不必汇报，小额业务折扣在 15％以内也在总经理的权限范围内。一年之内，他可以享受三次特价优惠，在酒店的所有消费打五折。

　　大型酒店一般都是餐饮娱乐一条龙服务，客人酒足饭饱之后想要洗澡按摩、唱歌跳舞，都可以不出大楼。听人说，这种酒店一般得养一帮漂亮的小妹以招揽生意。

　　今天这场聚会，当总经理的战友说消费他全包了，打折之后的费用从他那 60 万元年薪里面扣除。他这么大方，是因为他同肖文武有过命的交情。

他对肖文武是感恩加佩服，知道肖文武生了病比谁都着急，四处托关系找门路给他买保健品，三天两头组织战友聚会，就是为了让肖文武散散心。今天之所以正式一些，是因为请了几位当年的领导一起来，他们也想看看肖文武。

他决心要好好招待大家一次，让大堂经理抱了一件好酒到餐厅，并专门安排服务员给大家斟酒。当年他们卫生队的女医生和女卫生员这次也来了，女卫生员现在做药品生意。今天大家算是放开了，热菜还没有上，白酒已喝掉两瓶。等到龙虾上桌时，女卫生员说要出去上洗手间。肖文武心想：这雅间里不是有吗？但又不好说。也许是女生矜持，觉得当着大伙面进洗手间很尴尬，大家也就没管她。

过了二十分钟，不见她回来，一位领导说："卫生队，你们怎么非战斗减员呢！去！把人给我找回来。"领导发了话，林小炼赶紧去找，刚出门又转身回来，说："不对呀，我一个男的咋上女厕所找人？"女军医嫣然一笑，说："还是我去吧。"五分钟后，她把女卫生员"抓"回来了。"我说怎么回事，这丫头片子到隔壁被人家黏上啦！"女卫生员忙申辩，说碰上熟人了。大家追问什么熟人，女卫生员才承认是碰到了一个医生，生意上有交集。林小炼说："你不早说，我们支持你，我代表大家去敬杯酒。"说着，就端起酒杯叫上女卫生员过去了。几位领导都说："去去去！应该支持一下，多赚点钱，下次我们就吃你的了。"

林小炼来到隔壁，女卫生员向医生介绍："这是我的老首长。"以示尊重，又专门吹了一句牛补充道，"他现在是正高职。"林小炼一听这话，知道是要他撑场子，也就一时兴起，举起酒

二十八 巧遇小小

杯不冷不热地说了句："哦，我在卫生系统熟人多得很，到处都有我同学。"女卫生员又指着对面的医生说："队长，这就是我经常向你提起的西蜀医院的冯医生，对我帮助很大。""来，我敬你一杯，感谢你对我老部下的关照。"冯医生赶忙起身应对，一口干了那杯酒。林小炼去给他满上，才注意到和他一起吃饭的是一个年轻的女孩，看起来挺乖巧的，忙问："这位是？""哦，她是我师妹，叫她小小就行了。"女卫生员又给小小满上一杯，小小忙解释说："我不会喝酒，我等会儿还要回医院办事。"冯医生说："这领导都来敬酒了，又是前辈，你看着办吧！"小小只好端起杯子和林小炼碰了一下，便开始喝，不等酒流进胃里，她就咳嗽起来，脸涨得通红。冯医生忙用右手在小小的后背上又拍又摸，并帮腔说："好了好了，不喝了不喝了。"这时，小小的脸更红了，绯红的脸粉嫩粉嫩的。

林小炼带着女卫生员回到了他们的房间，刚坐下来夹了一口菜，门被推开了，冯医生带着小小过来回敬他们。肖文武一眼就看见了小小，小小此时头晕晕的，没有注意到他。他正想喊小小，就听女卫生员先说话了："这位是西蜀医院的年轻专家冯医生，这位是他的师妹小小。我这几年的生意多亏了冯医生支持。"

一听是医生，又支持过自己人，大家都端起酒杯站起来。冯医生带着小小挨个碰杯才发现肖文武也在这里，顿时二人脸都红了。肖文武毕竟久经世故，装着若无其事的样子，也端起一杯水，同他们碰了一下。他心里想，冯医生这小子又在打什么歪主意？

冯医生带小小回到自己的房间，对小小说："不如我们简单吃点，去唱歌。"小小忙说："啊？还唱歌？我妈在病房会着急的，再说了，我也不会唱。"冯医生说："唱歌还不好学，我教你，包你学会。"

女卫生员心想，酒也喝得差不多了，于是提议："我请大家去唱军歌。"总经理战友说："你请啥子，要唱歌也是我请，楼下就是歌厅。"于是大家从酒桌上撤了下来。

歌厅的门很厚很笨，外层用皮革包裹，四周墙壁像面包一样柔软。房间里面放了一圈环形沙发，沙发前摆了一个很大的玻璃茶几，进门的右手边摆了一台点歌机。房里的灯光很昏暗，空气不流通，声音很嘈杂。肖文武最不喜欢这种环境。

肖文武在里面待了一会儿，觉得有点儿闷，就来到外面走廊透透气，不承想又碰见冯医生同小小搂搂抱抱地从隔壁歌厅出来。肖文武再也忍不住了，一声断喝："小小，你干啥！"小小挣脱冯医生，跑到肖文武跟前，悄悄地告诉他："肖叔叔，没办法，冯医生老是缠着我。"肖文武拉着小小走过去，说："冯医生，我们又见面了，很感谢你对我还有小小她们母女的关心和帮助。小小她妈那里如果需要办什么事，我会找医院协调，你就不必费心了。你们还是早点回去吧，要不病人该着急了。"肖文武这么柔中带刚地一说，冯医生自然听懂了潜台词。他只好闷闷不乐、老老实实地带小小回去了。

这次邂逅，肖文武觉察到小小有危险，决定想办法帮帮她们母女俩。

二十九　重拾梦想

　　那一次聚会之后，肖文武有了一种紧迫感。写一部关于故乡的自传体小说，是他十七八年前就有的想法。当时，小说仅仅写了一个开头，写了一个提纲，算是有一个故事梗概。这次生病以后，他觉得自己这个想法可能难以实现，但朋友们的鼓励又使他重新燃起写作的欲望，还有一种时不我待的紧迫感。

　　肖文武几次动笔，都有点牛吃南瓜——无从下口的感觉。他拿起手机打电话请教大兵，大兵告诉他："你首先要看一看那些名家的作品，再看看小说的写作方法，最后就是要厘清思路，明确自己究竟想要表达什么。否则，就会下笔千言，离题万里。"末了，大兵说："我给你推荐两本书，一本是马尔克斯的《百年孤独》，一本是曹文轩的《小说门》。"

　　肖文武到书店把两本书买来，他先拿起《小说门》读了起来，感觉里面的东西有些深奥。书里并没有直接告诉读者什么是小说、如何写小说，好像不太适合初学写作的人读，读了几天后他还是觉得云里雾里的。他又拿起《百年孤独》，读了几章后就被里面错综复杂的人物关系和魔幻的情节搞蒙了，连主人公的名字都记不住。这个时候，肖文武方知，小说不是谁都能写的，也不是想写就能写的，非得有一定的文学素养不可。

接下来他改变战术，从书店选了一些关于写作的入门书籍看，知道了小说是以刻画人物为中心，通过完整的故事情节和具体的环境描写来反映社会生活的一种文学体裁。这时，肖文武才恍然大悟，原来，小说创作不同于诗歌、散文，必须静下心来，一个情节一个情节地写透。

他托人找了两箱关于故乡的历史资料，然后按照时间顺序，想把历史故事和自己的经历分别归类。他想模仿巴金的《家》《春》《秋》，按时间顺序来写自己的人生三部曲；或是像高尔基那样按照成长轨迹来写，他给这部构想中的小说拟了一个书名，叫《在故乡》。

早上起床，肖文武选了两根虫草，准备泡水喝，突然发现其中一根里面好像有一根牙签一样的东西。他轻轻抽出来一看，果然是一小节竹签。卖虫草的人把挖断的虫草通过这根细细的竹签连接起来，以次充好。肖文武心里一震：当年，那里的老乡何等的纯朴呀！

随后，他展开一张空白稿纸，开始构思起小说来。一年后，他洋洋洒洒写了十余万字，并自得其乐——哪怕他写得并不好。

肖文武的这种热情，感染了周围的人，一个小女生一直默默地关注着他，想着能为他做点什么。她特意到新华书店为他选了两本书：一本是《如何成为作家》，另一本是《小说创作技能展示》。肖文武如获至宝。

日后他在总结自己这段经历时觉得，那些日子他最大的收获就是写作这一梦想使他的精神屹立不倒，对战胜病魔起到了重大作用。但同时，他也明白了梦想与现实隔得很远。

三十　梦游秦巴山

吃过午饭，肖文武接到小小打来的电话，小小说她妈妈近几天心理压力很大，不想治疗，想到大自然中去透透气，散散心。她们把想法和医生说了，医生没有同意。小小边说边在电话里面抽泣起来，说："我妈怕是只有死在医院里头了。"肖文武感到事情重大，就专门到住院部找卢教授商议。卢教授也觉得孙小美的情况堪忧，但是放弃治疗，前功尽弃。肖文武听了，只好怏怏地离开了西蜀医院。

是夜，肖文武做了一个梦，他梦见自己给老班长打了电话，然后他带孙小美和小小到秦巴山去呼吸新鲜空气。

梦中，那是一个黄昏，班长站在秦巴山的一座山冈上等他们。远远望去，他那副军人的身板没有多大改变，还是那样挺拔。

班长屋前的一条山路是出行的唯一通道，他复员回乡就当上了村支书，三十年风里来雨里去，就是踏着这条泥泞的小路带着乡亲们走出大山，迈向幸福。

嘉陵江江水在微风的吹拂下，泛起阵阵涟漪，在阳光的照耀下闪闪发光，光芒里似乎闪耀着幸福的过去，又仿佛预示着美好的未来，令人心旷神怡。他们来到江边，看见一棵300岁左右树龄的老树，虽经百年风雨，仍然郁郁葱葱。孙小美感慨万千地说:"哎,要是人也有树的生命力就好了,我们就可以远离疾病,长生不老了。"他们二人合力把一条红绸带系在树干上,虔诚地在树下许了一个愿。然后,他们哼着小调,迈着轻松的步子,走到江边,深情地捧起一掬江水洗脸。不经意间,一个轻柔的细浪荡过来,江水吻湿了孙小美的脚背。他们在乱石堆里捡起石片打水漂,江面激起一个又一个水花,比石片漂得更远的是他们爽朗的笑声。

孙小美说:"你看天气多好啊,我们去钓鱼吧!"于是他们拿来班长用水竹做成的鱼竿,找了一块稍微平整的草地,端了一把竹凳坐下来。孙小美看看脚下,告诉肖文武:"这种草叫铁链草,贴着地皮长,长得足有一尺。旁边那株叫细兔草,这两种草都是小兔子的最爱……"见肖文武用锄头从土里挖出曲蟮,孙小美感叹道:"可怜曲蟮'上食埃土,下饮黄泉'。"肖文武说:"曲蟮,多么顽强的生命力!"

肖文武找来一个竹筒子,将曲蟮和土一起装进去。他抓出一条曲蟮放在手掌上,只见曲蟮在他手掌心上活蹦乱跳。肖文武用力拍了几下,曲蟮被震昏了过去,他便将虫子挂在鱼钩上,再顺势将鱼竿一掷,甩出去大概三四米。鱼饵放下去十几分钟,不见动静,正在他们有些坐不住的时候,突然有鱼咬钩了。正当这时,一个白胡子老人路过,将着胡须自言自语道:"早钓太阳红,晚钓鸡进笼。"

钓完鱼,接着他们开始分工,有的到班长的地里摘豇豆、茄子,有的去地窖取来红薯准备烤着吃,有的处理鱼,准备做藿香鲫鱼。老班长到集镇上买了一块五花肉,提进院子,他们家的小黄狗便一直跟在他脚后转圈。肖文武卷起袖子,说道:"来,我今天给大家露一手,肖氏回锅肉!"他从地里挖来仔姜，摘来辣椒，洗净切片后放到锅里干煸，煸去水分后捞起来备用，再盛上半碗农村产的豆瓣酱，放上少许醋和白糖。配好料后，先把煮熟的肉放锅里爆炒，去除多余的猪油，然后用调料往猪肉上一浇，顿时，醋香、肉香、姜味、辣味，香气四溢，使人胃口大开。嫂子拿把镰刀，从后山上割来几片芋头叶子，把钓来的一条大草鱼开膛破肚，放在筲箕上晾干，再在鱼肚上抹上一点盐巴和土酒，用芋头叶子牢牢地包了三层，放进柴火灶膛里。灶膛的周边还放了好些红薯进去，他们享受着农村最原生态的烧烤。这种烤制方法能够最大限度地保留野生鱼的鲜香，这种美味是不需要修饰的。

不一会儿，一大钵藿香鲫鱼和一筲箕烤鱼，一碗回锅肉，一篮子烤红薯，便端上了八仙桌。八仙桌桌面中间放着两只土陶碗，一只盛了半碗班长家自制的豆瓣酱，一只盛了半碗盐，放了一点花椒面。班长撕下一块烤鱼，递给孙小美说："来，你蘸着豆瓣酱尝一尝。"孙小美蘸了点豆瓣酱，往嘴里一放，突然哇的一声喊了出来，大家一惊，正纳闷怎么了，忽然又听她补了下半句："巴适惨了！长这么大，从来没有吃过这么鲜的鱼。"听她这么一说，大家提到嗓子眼儿的心才放了下来。其实乡下的菜之所以鲜，是因为它保留了食物本来的味道，而在餐馆吃到的，是经过太多修饰的味道，缺少自然的感觉。傍晚，老班长的四合院又一次充满了欢声笑语，大家都说："好久没吃到这么原生态的美味佳肴了。"

那一夜，他们彻夜长谈，孙小美给肖文武讲她的一个学生，有点像日本画家笔下《哆啦A梦》里面的主人公野比大雄。他经常会做梦，并且按照自己的梦境去追寻，一次又一次，失败了再去。他每天都要碰到很多麻烦事，但没有因此而沮丧，照样天天都做梦。因为有梦想，所以他每天都过得很开心很快乐。

三十一　第二轮靶向治疗

孙小美的身体状况越来越糟。

她的体重从85斤下降到了70斤，除脸上通过化妆仍然呈现虚假的健康气色外，手背上的青筋凸起，像一条条深褐色的蚯蚓，埋在贫瘠蜡黄的土地之下，惨不忍睹。

接下来的问题是如何评估第一个疗程的靶向治疗。

卢教授在专业网站上查阅了许多资料，又与同行们反复地讨论，翻阅了能够找到的所有案例，最后，再次请各科专家进行会诊。尽管如此，他心里仍然没有一个准确的判断，不敢下结论。他个人倾向于保守治疗，这样一方面可以为病人家里省钱，二来可以尽可能地延续病人的生命。

冯医生倒是挺积极的，没等专家们做决定，他就又一次利用值夜班的机会，把小小叫到他的办公室，一阵忽悠，说什么越是艰难时刻就越是接近成功的时刻，医学上的奇迹往往就是在这种时候发生。他拿了许多国外的病例给小小看，谁的癌细胞又被杀死了，谁的肿瘤又缩小了一半。"你看你妈，才做第一个疗程指标就下来了，说明效果好。"冯医生说，"不能舍不得钱。钱的问题我可以帮你，第二个疗程可以省五万元。"

小小听得半信半疑，一时没了主意，不停地揉搓着两只手。

这时，冯医生突然把他的一双手按在小小的手上说："小小，你妈还那么年轻，哪有自己的亲女儿对妈妈见死不救的道理？你要赶快做决定，你妈等不起呀！"

其实，懂行的人都看得出，孙小美要不要跟进第二轮靶向治疗，取决于她的身体素质。如果在抑制或消灭癌细胞的同时，杀死了好细胞，同样使身体的抵抗力下降。但小小面对一个两难选择，选择保守治疗，会落下不重视母亲的话柄、舍不得花钱的口实；选择继续靶向治疗呢，风险更大，但给人的印象是积极的，是尽到了做儿女的责任。小小心里似乎隐约感到，无论选择哪种方案，妈妈的病情已无法逆转，但心里宁愿相信妈妈身上还会出现奇迹。

于是，她向冯医生说了些感恩的话，表示愿意继续做第二个疗程的靶向治疗，并托他帮忙尽量省点钱，小小这时想的是能省一点是一点。

回到病房，小小绕了很大一个弯儿给孙小美做工作，对她说，专家们通过会诊，认为她的病情有很大好转，可能是靶向药物起了作用。靶向治疗是当前世界上公认的最先进的治疗癌症的技术，因此，医生建议再跟进做一个疗程。孙小美问小小："哪个医生说的？是不是那个姓冯的？"

小小说："妈，你对那个冯医生怎么这么反感呢？不管是谁说的，管用就行。"

"管个屁用，我觉得现在浑身都痛得很，还不如不做。"

"妈，检验指标是做不了假的，你的指标一直在下降，这说明是有疗效的。"小小接着说，"不如我们咬咬牙，挺一下，再做一个疗程。"

孙小美追问："再做一个疗程要花多少钱啊？"

"妈，我们又不是出不起钱。"

"我真的感觉人受不了了，你没听人说吗，靶向治疗只不过是化疗的一种新方法，本质上还是化疗。我也搞不懂这种说法到底对不对。还有，我到底得的什么病？你们谁都不愿意告诉我。"

"妈，我不是给你说了嘛，你不是什么大问题，医生们正在会诊，估计很快就会有结论。"

"靶向治疗那么贵，医保又一点也报不了，家里就是再有钱也架不住这样花呀！"

"妈，留得青山在，不怕没柴烧，钱花了再去挣。"

"哦，你以为呢？挣钱就像老家的井水，打走一桶它自己会涨起来？如果那么容易就好了。我那点钱还要留着供你读书呢。"

孙小美想，自从她生病以后，艾军是越来越不靠谱了，最近来得明显少了。小小并不是艾军的亲生女儿，孙小美想把家底交给小小，但又怕影响小小读书。于是，她就点到为止地说："家里是有点钱，在卡里面，还有点布料在厂里面积压着，等着行情好了可以变现；还有，老家还有点土地，也不知道值几个钱。"

"妈，家里不是还有这么些钱吗？我们应该先尽着你看病。"

晚上，小小回到家里，找到艾军，说："爸，医生说妈妈上一轮靶向治疗效果挺好的，我们商量再做一次，你拿点钱给我。"

艾军先是一愣，然后接着说："丫头，要多少钱？"

"比上次少，只要十万。"

艾军问："不是十五万吗？怎么又变成十万了？"

小小回答："冯医生他们帮忙做了点工作，第二个疗程可以优惠一点。"

艾军回过神来，心里盘算了一下钱的事情，接着说："那等我明天看看家里账上还有多少流动资金。"

"爸，明天你把钱打到我卡上，我去医院交就行了。"

艾军松了口气说："要得要得。"

本来，家里有二百五十万的流动资金，孙小美生病期间，艾军全拿去投给那个开药店的女老板了。艾军这一步，是一箭双雕。孙小美的病治好了，回得了家，他这叫作投资，扩大生意；孙小美要是回不来了，他就说生意赔了，而实际上家里的财产已悄悄地转移到了自己名下。这一招，既是防备孙小美，又可以讨好那个女老板。

第二天上午，艾军找到女老板，说女儿回家要钱给她妈治病。女人不情愿地抽了十万元打给艾军。艾军把钱打给了小小，小小让冯医生开了个条，到上次取药的铺子取药。

孙小美的第二轮靶向治疗，就这样在女儿小小的撮合下开始了。

令小小万万没有想到的是，药用了不到一半，孙小美觉得身体难受极了，自己拔掉针头，强烈要求停下来。这件事使卢教授感到了危机，他心里清楚，孙小美自身的防线已经彻底垮了。

他心里在琢磨另一个治疗方案，兴许这是最后的手段。

三十二　冯医生的红利

话说小小交了第二轮靶向治疗的十万元药费后不久，冯医生就从后门进了那家铺子的门。

"表叔，来了！"一个小妹喊他。

"刚才那个孙小美闺女来交第二轮靶向治疗的钱了吗？"冯医生问。

"交了交了，只收了十万元。记在你的名下了。"

"记谁名下都一样。"冯医生假惺惺地说。

自从他老婆做了一个知名品牌的医药代表，开了一家药店，冯医生就时不时地给病人加大开自费药的比例。这也好解释，就说是新药，虽然贵点，没有进入医保，但是治疗效果好，没有什么耐药性。特别是家境好点的病人，病急乱投医，也不在乎那几个钱。因此，冯医生搞这些名堂也就有了一定的市场。

他的方法步骤大致如下：第一步，先给病人家属做工作，宣传新药的好处，介绍成功的病例，鼓动病人去试一试；第二步，有言在先，新药成本高，比较贵，而且医保不能报销，全自费，让患者有心理预期，衡量经济承受能力；第三步，充当好人，告诉患者和家属，他认识一家医药公司，性价比高，他可以帮病人杀价。一般的病患，治病心切，都有舍财免灾的思想，就答应了。就这样，他把这些病人支到自己老婆开的药店。他既赚了病人的钱，又卖了个人情，一举两得。

当然，做这么大的事情，凭一己之力肯定办不到，他身后另有高人。

这天下班，冯医生就来到了他姐夫家。

"这个月效益好不好呀？"姐夫问道。

"还可以，做了三个靶向治疗。"

"你要把眼光放远点，打开思路，要和同事搞好团结，争取让他们也介绍一些病人过去，这样营业额更可观嘛。"

"姐夫，没有回扣，怕是很多医生不愿意把病人介绍过去。"

"你傻呀！不知道给别人两个点吗？钱要大家赚，你把钱看得太重了，谁和你打交道啊？"

"是是是，姐夫说得对，他们多给我们介绍一个病人过来，就什么都有了。"

"怎么样，开窍了吧！那个卢教授还是不肯与我们合作吗？"

"姐夫，别提他了，他不仅不给我们介绍病人，还阻止我给其他病人开靶向药。"

"可以理解！这种人是全院乃至全国的专家，他关注的重点是学术问题，不愿与我们合作没关系，只要不反对就行了。"他抬了下眼皮接着说，"你可千万不要去得罪这种人啊，那样会引起公愤的，到头来，连我们现在手头这点事都做不成了。"

"好好好！我明白，我尽量躲着他。我介绍过去的那几个人都是自愿的，签了字的。"

"这点上，你比你姐聪明。"

冯医生的眼珠在眼眶里转了一圈，心里盘算着如何扩大收益，于是又问道："姐夫，以后要是有其他医生愿意介绍人过来，提成两个点用什么方式支付呢？"

"还用我教你啊？肯定不能从账上走呀。"

"我们的账又怎么算呢？你和姐姐占多少？"姐姐见他越说越离谱，吼了他两句："你就整天钻钱眼儿里去了，斤斤计较，想着怎么与我们分钱，没有你姐夫哪有你的今天！"听了这话，冯医生不再言语了。

冯医生早就与他老婆关系紧张了，只是因为成了利益共同体，也就只好将就着过。这桩婚事，本就很勉强，那时，冯医生的老婆还是一个小小的药品推销员，到他们科室里推销新产品，冯医生见她长得水灵，便跟她多聊了几句："美女，找对象没有？"她抓住了对方的小心思，马上回应道："还没呢，要不，你帮我找一个？""找一个好办，关键是你喜欢哪样的？"她含情脉脉地看着他，说："就找你这样的！"二人你一句我一句聊得挺开心，于是，二人就互相留下了联系电话。

一天下午，她突然又出现了，约冯医生吃饭，冯医生应了。二人找了一家馆子，开了一瓶红酒，她得知冯医生的姐夫是医院领导，又邀他去唱歌跳舞。尔后冯医生好几天都在回味里沉沦。二人就这样处对象了，到了谈婚论嫁时，才晓得女的比他大两岁，但冯医生迷恋她的美色，还是把婚结了。

冯医生的姐姐和姐夫同意这门婚事也有特殊的原因。冯医生和他姐姐姐夫都在体制内，不能以自己的身份做生意，只好利用冯医生老婆的身份开了一家医药公司，用它挣钱也用它洗钱。他老婆也心知肚明，深知只有依靠自己的男人以及他的姐姐姐夫，才能赚更多的钱。所以，这个女人赚钱主要有两种方式：第一是通过他男人和姐夫到医院科室去推销新药，吃回扣；第二是通过他男人和姐夫推荐病人过来买新药，特别是买紧缺的新药。他们会把价格定得很高，然后再象征性地降点价，让病人觉得占了便宜，心甘情愿地把兜里的钱掏出来。这两年他们采取这样的招数赚了不少钱，可也正是因为钱的事，两口子开始闹矛盾。

他老婆赚了钱，到处买高档时装、珠宝，做美容，把自己整得妖里妖气的，一天到晚到处会朋友，喝酒唱歌，弄得冯医生颇为反感。女人待人接物飞扬跋扈，十分的霸道，二人之间的裂痕也因此越来越大，他们隔三岔五就要大吵一架。

这天，二人又吵起来，女人说："我替你们赚了那么多钱，自己还不能花两个？"男人说："不是我和姐夫，你能赚这么多钱？"女人说："你还有脸说，你以为我不知道你们那赚的是昧心钱哪！"女人越说越来劲，一边抹着眼泪一边继续说气话，"哼！告诉你，姓冯的，今后你对我好点，要不老娘就揭穿你！"

冯医生啪地给他老婆一记耳光，骂了句："你个败家的娘们儿！"

冯医生受到了威胁，把这些情况一五一十地跟他姐说了。他姐心生一计，拿了老家一个亲戚的身份证重新开了一家公司，由冯医生直接操持。

三十三　凋零的鲜花

第二轮靶向治疗开始后，孙小美的生命指征明显下滑。

体重下降尤为明显，她脸上的肉开始下垂，眼皮耷拉下来。替她输液的护士拿起她的手感觉一点力气没有，护士把她的衣袖卷上去，露出皮包骨头的小臂。护士在她的手背上拍了一下，立刻就青筋暴起。

一周没有换衣服了，孙小美想洗澡换衣服。小小扶她坐起来，歇了好一会儿，才慢慢挪步进洗漱间。小小动作小心翼翼，顾忌到孙小美在床上躺久了，突然改变姿势，脑供血不足，容易引起昏厥。小小先把一张椅子搬到洗漱间，又试了试稳不稳，确认椅子放稳之后她出去准备把孙小美扶到椅子上。没想到孙小美一阵眩晕，靠在了小小的肩膀上。小小说："妈，不行算了。"孙小美没理会她，只是说过会儿就好了。停了一下，孙小美靠着小小往洗漱间里走，刚走一步人就往下瘫，小小急忙用双手搂住妈妈，不让她整个人坐下去。二人每走一步就停一下，停的时间比走的时间长，几步路走了几分钟。小小腾出一只手把门关上，把孙小美轻轻扶到椅子上坐稳。小小开始给妈妈脱衣服，脱到内衣时，孙小美对小小说："小小你先出去，妈妈自己能行。"小小说："那好，妈，我把淋浴器的喷头取下来，等一会儿你自己开一下水就可以了。"刚出去，小小又转身开门进来，说："妈，注意不要把输液的地方打湿了。"顿了一下，小小又说，"妈，简单洗洗，洗完了喊我啊。"孙小美看得出，女儿是不放心自己，心里想：我不会糟到这种程度吧。

孙小美脱去自己身上最后的衣物，看看自己的手臂，又看看自己的大腿小腿，已不见以前那种白皙和丰腴。她甚至刻意看了看自己曾经引以为傲的双乳，如今就像一对霜打的茄子，耷拉着，满是褶皱。她摇了摇头，在内心叹息道，枯萎了，凋谢了，就像是一片上好的庄稼地，过多地使用农药，板结了，撂荒了。坐了一阵，直到身上感到了一丝凉意，她才伸手去够水龙头开关。意外发生了，孙小美一阵眩晕，啪的一声摔倒在地上，眼角被划了一道口子，手背上的留置针把手背刺穿了。眼角上流的血被她用手一抹，满脸都是，乍一看，整张脸都血淋淋的。手背上的血从针孔往外冒，就像是挣脱河岸管束的河水。

小小冲进去一看，吓坏了，大声疾呼："快来人啊！快来人啊！"

走廊上巡诊的护士闻讯赶来，急忙把孙小美抱到床上，护士长一边处理伤口，一边喊道："快叫医生。"医生赶来后，对孙小美头上的伤口做了处理，缝了三针。她手背上的留置针被护士拔掉了，护士用棉签摁住出血点。医生吩咐护士，马上上生命监护仪，对孙小美的各项体征进行监测。

医生判断，孙小美只是躺久了，突然改变身体的姿势，加之营养不良，因低血糖而引发了昏厥。

小小忍不住哭出声来。卢教授安慰她："丫头，你是学医的，要学会坚强。"听了这话，小小抹了一把眼泪，收住了哭声。"洗澡风波"暂时平息下来，孙小美想要洗澡换衣服的愿望没能实现。

　　第二天下午，趁着天气转暖，小小打来开水，把椅子放到床前，又打来半盆凉水放在椅子上，往里面兑开水。小小把水温调好，拉上围帘，用毛巾给妈妈擦洗。从脸到脖子，小小尽可能擦得仔细。她看着妈妈的脸，从前粉红粉红的，光彩照人，如今面黄肌瘦，妈妈的目光也变得呆滞。妈妈的手臂瘦得像两根枯枝。小小替妈妈翻过身去，拧了一把热毛巾，擦妈妈的后背，肩胛骨已凸显出来。小小的眼泪夺眶而出。孙小美觉察到了小小在伤心，因为这一串滴到她身上的是泪水。

　　"小小，卢教授不是叫你坚强些吗？"叹口气，孙小美又继续对小小说道，"小小，你是学医的，你一定要挺住啊！你可是妈妈唯一的希望了。""妈妈，小小不哭，小小不哭。"小小说着不哭，却边哭边安慰妈妈。眼看着小小哭成了一个泪人，孙小美意识到这样下去不行，自己必须给孩子做出榜样，重塑孩子对人生的信心。于是，孙小美对孩子说道："小小别难过，妈妈死不了，你不是给妈说现在医学上有许多对付癌症的新技术新手段吗？妈妈都可以去试试，我自己有信心，你也要有信心。"这时，小小也意识到自己不能影响妈妈的情绪，于是挑了一些儿时的趣事聊起来，说到小小在学校得了英语竞赛第一名时，母女俩终于露出了笑脸。那情形，就好像川西的天，历经无数阴霾，突然见到一缕阳光那样。这是住院以来，孙小美为数不多的笑容。

　　孙小美用双手抹抹脸蛋儿上的泪痕，又揉揉脸庞，叫小小帮她拿来一面镜子准备补妆。从小小手中接过镜子一瞧，孙小美着实吓傻了，镜子里面是人是鬼呀？怎么自己一点也不认识呢，这哪里是自己？分明就是一个老家荒山野岭上的"披毛鬼"嘛！孙小美被镜子里的自己惊呆了，半天没说出一句话来。小小举起手在她眼前晃了两下，忙问："妈，怎么啦！怎么啦？"孙小美回过神来，摇摇头，一把抓住小小，说："不行了，妈不行了。小小，你说，妈是不是不行了？"

卢教授推门进来，正好看见这一幕，当场严肃地对护士长说："你们把镜子都拿走！不能让病人整天这样疑神疑鬼的。"然后转过身来，对小小说，"也请你们病人和家属配合我们的治疗。今后病人有什么需要，给我们讲，由我们来安排。"卢教授又给小小使了一个眼色，示意她配合。于是，小小立刻应道："好好好！妈，卢教授说得有道理，这本来没啥子的，却搞得像有好大一回事一样。病人的精神状况在治疗和康复过程中至关重要。"

卢教授吩咐护士长留下一个人在这里观察一下，然后叫小小跟他一起来到了办公室。卢教授对小小说："你是学医的，我就直说了，你妈目前的情况不容乐观，病根仍然查不到，指标控制也只是暂时的，甚至是假象。我们考虑，病人得的是一种罕见的复合性癌，它长在肝胆胰的中间，不易被察觉。我前两年遇到过一例，病人的甲胎蛋白超过一千，就是找不到原因。"卢教授看着小小继续说道，"现在，病危通知书我们必须下给你。下一步的治疗，我正在考虑，既要管用，又要考虑病人的身体承受能力，还要考虑病人家庭的经济能力。但是，不管上什么措施，有一点很关键，那就是病人的精神不能垮。"

小小听得心头发颤，想哭，但又哭不出来。

卢教授自言自语："要不，就只能换肝了，这是一个一揽子的解决办法。"

"换肝，换肝！卢教授，不管用什么办法，只要能救我妈的命就行。"小小急切地说。

卢教授说："换肝也不是一件容易的事情，一是费用大；二是肝源紧缺，还不好配型；三是有的人换了以后出现排异，弄得人财两空啊！不到万不得已，不能考虑这个方案。你回去也和家里人商量商量。注意，不到最后一刻，不能对病人讲。"

卢教授让小小在他办公室多待一会儿，等情绪稳定下来再回病房。小小牵挂着妈妈，停留片刻，就匆匆回到了病房。见护士还在陪着妈妈，她招呼了一声，说："我回个电话。"来到楼梯拐角处，小小给肖文武打了一个电话。肖文武提醒她，换肝是个顶大的事，要她回家跟爸爸和其他长辈商量。

三十四　最后的决定

　　小小离开医生办公室后，卢教授独自在电脑桌前坐了很久。他在为孙小美下一步的治疗方案纠结。他心里清楚，对这个病人如果再不采取果断措施，是断不能存活到三个月的。生命指征的平稳全是暂时的假象，这平稳一旦被打破，孙小美的病情就会急转直下。所以，现在必须采取新的治疗方案，积极应对，不能等，等就是等死，病人等不起，医生的良心也等不起。他心里越来越倾向于一个方案：换肝。

　　但他又不得不替病人着想，他反复纠结三个问题：一个是费用，目前价格是九十多万元，病人家里能不能承受得起。二是肝源，肝源本来就不好找，有的排队时间长达一年，即使找到了肝源，匹配的难度也很大，很多患者都会出现排异反应，毕竟这一块肉不是自己的。三是万一手术失败，花了钱，没能留住人，落个人财两空，于心何忍呢！

　　他陷入了少有的失眠，躺在值班室的床上，睁着眼睡不着，即便短暂地入睡，梦见的也是孙小美第一次就诊时的形象：阳光、水灵、干练，不知道什么叫怕，也不知道什么叫花钱，好像这个世界只有她一个人存在一样，活得很自我，很任性，很开心。如果让这样一个活生生的生命，在自己手中消逝，实在太遗憾了。医生是自己的职业，救死扶伤是医生的使命，自己尽到责任了吗？

有时，他仿佛听见一个声音在耳边响起："救救我吧，救救我吧，你不是专家吗，专家就这点本事？"乍一听，那声音有点像孙小美。他用食指掏掏耳朵，仔细一听，那声音又像是小小在喊："卢教授，救救我妈！求求你了！"

有些事情，卢教授自己也是百思不得其解。一片药，出厂时几块钱甚至一块多钱，病人怎么就要花几十块呢？卢教授想起去年去美国看女儿，他得了一次感冒，想去医院开点药，好不容易排到队，医生说到点了，要关门下班，二百美金预约款不退，他花了钱病没看成。最后他不得不到一个华人开的中药店买了点草药吃。更奇葩的是，女儿同寝室的一个女孩子准备去拔一颗牙，咨询了一下，要花五千美金，结果那孩子用这笔钱飞回国内治了两颗牙，又飞回去，那笔钱还没有花完。卢教授有时也感叹，还是国内的医疗保障体系好啊！

小小强忍悲痛回到家里，一下子扑到艾军身上，说："爸！妈妈不行了，快想办法救她！"

艾军问："到底出了什么事？"小小把医院下的病危通知书给艾军看，艾军叹息了一声说，"事到如今，我也不知如何是好。"

"卢教授说，实在不行的话，可以换肝。"小小说。

"换肝？哪有那么容易的事？那得花多少钱啊！"艾军一边说这话，一边在心里盘算着，小小要是追问起家里的钱，他该怎么应付她。

果然，小小说："九十多万，我们家应该出得起吧！"

"出得起？你以为我和你妈挣了多少钱？一家人开销那么大，还要供你读书。前面已经花掉四五十万了，我也没有见到什么效果。"

"爸，你怎么能这样想呢？为了救我妈的命，哪怕是倾家荡产也要治啊！"说这番话时，小小恶狠狠地看着她眼前的父亲，陌生感和距离感油然而生，她自言自语："我们一定得救我妈。"

小小说："爸，家里那么多钱哪儿去了？快拿出来呀，妈妈到生死关头了，只要有一线希望，我们都必须百分百争取。"

"家里的钱都进货了，抽不出来。"

"我不管，要不就卖房子！反正，要不惜一切代价。"

"傻丫头，房子卖了，我们都住大街上吗？"看着小小，艾军劝她说，"好了好了，我明天想想办法，看能不能抽点钱出来。"

"对了，靶向治疗都可以讲价钱，要不你找医院谈谈？我看那个冯医生对你挺好的，我们求他帮忙想想办法。"

听了这话，小小气得说不出话来，凉意四起。她冲进自己的小屋，砰的一声把门关上，扑在床上号啕大哭，情绪山洪般奔泻。她压抑得太久了，又要上课，又要照顾妈妈，学校医院两边跑，还要为妈妈的治疗筹钱。她不明白父亲对母亲为什么这么冷漠。有力不出，要钱没有，这是为什么呢？小小这样一把鼻涕一把泪地哭了一阵，泅湿了被子，索性用被子擦了擦鼻子。她翻过身来，平躺在被子上，顿时感到天旋地转。她望着屋顶的吊灯，灯光一改往日的柔和，像闪耀着寒光的利剑，直插胸口。她害怕极了，急忙用双手捂住脸。那些利剑般的寒光无孔不入，从指缝间钻了进来。她索性坐了起来。这下感觉更奇怪了，房间如棺材，屋顶似棺盖，她直不起腰，透不过气。枕头上放着的布偶小狗像妖怪一样丑陋，被她一把扔到地上。总之，一切都变了，她看哪儿都不顺眼。过了好久，小小才从幻觉中走出来，回到现实。她知道，卢教授对她说的那一席话是推心置腹的，妈妈或许再也走不出医院。她想，是时候告知外公外婆了，妈妈是他们的女儿，他们理应知道，再说了，兴许还可以找外公外婆筹点钱。

谁料，小小的一通电话闯下了大祸。

外公接到电话后急火攻心，一下晕倒在地。他听小小说孙小美病得不轻，要筹钱给孙小美治病，顿觉五雷轰顶。大家赶紧叫来赤脚医生，给老人把了一下脉，又听了一下诊，说暂时没有大的危险，但最好送到镇医院去看一下，那里条件好些，以免耽误病情。小小的外婆赶紧叫上孙小美的堂哥和其他亲戚，正准备把他送到镇医院时，人醒了。他醒来的第一句话是："我不去医院！死不了。"赤脚医生只好拿了几片安神的药，又给他拿了几种草药，让他煎水喝。等大家都走了，小小的外公对外婆讲："你犯傻呀，我就晕倒一下，哪用得着去医院，那要花多少钱啊？小美治病还等着用钱呢！"事后才知道，小小外公得的是脑溢血，是中风的信号，若是抓点紧还有救，问题是他本人一点也不懂，又想省点钱，这就铸成了大错。

他让小小的外婆把家里的存折拿出来看看，一共有一万三千元存款。他又想起修路占地的事情，他们家的耕地是上等的，起码得赔个一两万块钱吧。想到这里，他便叫小小的外婆去找他侄儿，侄儿是村委会主任。小小的外婆找到侄儿，给他说明了家里现在的情况。发现她确实着急，他感到有机可乘，便故意拿腔拿调地说："婶娘，修路占地赔付的事，还早得很。要急等着用这笔钱，怕是指望不上了。另外，你家的地也抵不了几个钱嘛。"

老人急着问："到底要等多久呢？""这个不好说，说不定一年半载，少说也得年后吧。""小小打电话说，你小美姐病重，急等着钱做手术，怕是等不了那么久！"

"婶娘，你要真等着用钱呢，办法只有一个，就是先把你家里的地流转出去，看看有没有人愿意出钱。"

"行，你帮我问问。"

"问问恐怕也得花点时间，最简单的办法是你把地先给我，我马上就可以把钱给你。"

"那敢情好！什么价钱呢？"

"你家那块地位置有些偏，地势也有点高，还不知道修路会不会占到那里去，要是拿过来种呢，有些不方便。"

"大侄子，我们家的情况你还不知道吗？你就开个价吧。"

"两千。"

"啥子？两千？你也太欺负人了吧。"

"婶娘，你家那块地，只值这个价，要不你找别人去吧。"

听了这话，小小的外婆两眼发花，跌跌撞撞回到家里，把情况给小小的外公一说，老头一瞪眼，骂了句："这个不孝子孙！白养了他十年。"小小的外婆最气不过的就是这一点，这是他家亲侄儿。当年，孙小美的叔叔婶婶在修水库的工地上遇上垮岩，双双身亡，当时他刚满六岁，孙小美的父母把他当亲儿子养大，同孙小美一起吃住、读书。他没有考上大学，他们就找了一个木匠，让他拜师学艺。他跟着师父学了几年，挣了些钱，就闹着单干，师父就没有再教他什么手艺。他自己没能力单干，没多久就回老家了，用攒下的钱修了房子，娶了老婆。前些年，乡亲们看他年轻，加上孙小美教书给他带来了些人气，大家就选他当村委会主任。没想到这小子这几年本事没长，却长了不少心眼儿，算计起自家人来了。

老人又一次急火攻心，突然喷出来一口鲜血，倒了下去。

老伴儿一急，栽倒在老头身上。二人再也没有醒来，双双离世。乡亲们知道孙小美在住院，便打电话给小小，说她外婆病重。小小和她爸商量，不敢让她妈知道，为了保密，只好让她爸回去看一下究竟发生了什么事。

艾军走到村口，就听人议论老丈人老丈母娘离世的事情，觉得太突然了，也难过了一阵。艾军收起悲痛，同小美的堂兄一起在后山找了块地把他们埋了。

这两个白眼狼，一个图利，一个图省事。在处理后事的时候，艾军做主，把孙小美家上好的耕地以两千元贱卖了，把老房子以五千元贱卖了，再加上老人的存款，他一共带回来两万块钱。

三十五　生存的诱惑

艾军把两万块钱交给了小小，小小手捧着钱，觉察到爸爸的眼神有些不一样。再三追问下，艾军告诉她，外公听到她妈妈病危的消息，受不了打击，突发脑溢血死了；外婆也因外公突然离世悲痛过度而死了。小小极度自责：要不是她给老家打电话为妈妈的手术筹钱，外公外婆也不会知道妈妈病危的事，后面的事也不会发生。她怎么也不敢相信，她和外公外婆已永别。这两万块钱，成了两位老人留给他们的唯一遗物。她突然觉得，手中的钱像是有了生命。

小小对艾军说："爸，都怪我，不应该给外公外婆讲妈妈的事，我闯下了大祸。这件事情不能让妈妈知道，我们都要保守这个秘密。"

艾军答应她："好！"

小小接着说："妈妈的病是一定要治到底的，哪怕砸锅卖铁，卖了这套房子！"

艾军心里咯噔一下。这房子早已被他拿到银行做了抵押贷款，严格意义上说，早已不属于他了。为了不让事情败露，艾军急忙表态说："你先别着急，让我想想办法，看看货款能不能行。"

小小说："哎呀，爸，你快点，现在就出去想办法！明天就把钱给我。"

看到小小这样坚定，艾军只好拿着手包出门。他能到哪儿去呢？他也没有别的办法，九十几万元，这不是一个小数字。他只好给那个女人打电话，说有事情要商量。那女人说，今天正值她老公值夜班，也正准备给他打电话。艾军来到了女人家里，女人一听说要钱，很不高兴。艾军连哄带劝，说家里的钱全都被他转移出来了，要是孙小美和娃娃追问下来，他们的事准会败露，到时候打起官司来，他是过错方，到头来一分钱也拿不到。如今，孙小美快不行了，活不了几天，现在做做样子给别人看，到时候钱还不都是咱们的？那女人一想，小不忍则乱大谋，便说："要不就少进五十万元的药，剩下的你自己想办法凑一下。"艾军一看，对方已经让步了，虽然不够九十万元，也算解决了大部分，只好把自己私存的二十万元也拿出来凑上，一共七十万元。

第二天，艾军和小小摊牌：只有这么多钱了。

这果然把小小给难住了。小小觉得自己的双腿像是灌满了铅，沉重得迈不动。靠谁？找谁？冯医生？一个垂涎自己美色的男人，他曾经许诺可以帮助自己打折；肖叔叔？一个自己暗恋的偶像，他对妈妈倒是很关心，他一定肯伸出援手。

小小陷入了两难选择。找冯医生，明明知道他对自己图谋不轨，这分明就是往火坑里跳，这是妈妈不愿看到的，她曾经提醒过自己离他远点；找肖文武，又觉得实在开不了口：一个路人，又是一个病人，凭什么对另一个陌生的行将终结的生命这么上心？二十万元，不是一个小数目，将来，我又用什么去还？

最后，小小决定去找冯医生。她在心里喊道：妈妈呀，女儿不孝了，为了救你的命，女儿只有这样了，别无选择，这是我能想到的唯一救你的办法。

冯医生见小小来找他，心知肚明为什么事，故意卖关子说："现在等着换肝的人不少，肝源实在是太紧缺了，别说九十万，就是一百万都有人争着要。"小小还没开口，被他这么一呛，转身就要走。"呃，小小，有事好商量嘛，谁叫你是我师妹呢。"冯医生说着，一把拉住小小的胳膊。小小被他拽住，又转过身去，眼里含着泪水，她看到了好几个冯医生——他们飘浮、重叠、虚幻，一点都不真实。她强忍着没有抬手去抹眼泪，她提醒自己，这个时候，无论他说什么，自己都只能打掉牙齿往肚里咽。

狡诈的冯医生敏锐地觉察到小小此时此刻的心理活动，他知道，在她心里，妈妈的生命比什么都大。所谓打折其实是子虚乌有之事，这种用人的生命来讨价还价的事情，早就被人们唾弃，也被政府管控。就算是想把孙小美的手术往前排，他也做不了主。他还记得，孙小美第二轮靶向治疗后，自己被卢教授狠狠地骂了一顿。但这会儿，孙小小这块肥肉自己送到嘴边来了，他决定，先把这块肥肉吞下去再说，不管是否消化得了。

于是，他又一次拿腔拿调地说道："当然啦，办法是人想出来的嘛。"他看了看小小，又接着说，"不过，有些话在办公室里不好说，你如果有空的话，等我一会儿下了班，找个地方好好聊聊。那些事情，你尽管放心，包在我身上。"

小小呆若木鸡地杵着，没说一句话，冯医生又说了一句："你不愿意就算了，不勉强。"小小回过神来点点头，答应了。过了一会儿，冯医生草草签了两份医嘱，来到了孙小美的病房，见母女俩正在交谈，便冲小小使了个眼色。小小说："妈，我出去办点事，一会儿就回来。"

冯医生把小小直接带到了上次去过的那家酒店里，开了一间钟点房。进了房间，冯医生饿狼扑食般把小小扑倒在床，小小用力推开他说："我妈换肝的事还没有说好呢。"冯医生又一把将小小推倒说："嗨，你人都是我的了，还怕我不帮忙呀！"接着，他又恶狠狠地说了一句，"不过，现在你要反悔还来得及。"小小的眼泪夺眶而出，无助地摊开双手。冯医生正在兴头上，突然，咚咚咚有人敲门！二人都屏住了呼吸，佯装里面没人的样子。

咚咚咚！门又敲了几下。"小小，我知道你在里面，快出来，我有话和你说。"小小愕然，这声音既熟悉又陌生，小小努力回忆。突然，她想起来了，这是肖文武的声音。他怎么知道我在这儿呢？

双方又僵持了一会儿，小小说："坏了，这是肖叔叔的声音！"冯医生一听，这还了得，他知道，肖文武可是省里的处长，他盯上自己了。想到这里，冯医生冒出一身冷汗，喊道："快穿好衣服。"二人又急急忙忙地把床整理了一番，尽量整出没人动过的样子，然后，冯医生又对小小说，"就说我们俩在商量治疗的事情。"

门开了，肖文武狠狠地瞪了冯医生一眼："哼！乘人之危，什么东西！"他一把拉起小小往外走。

"我要救我妈！"小小哭诉着，"你不要管我了！"

"救你妈，你也不能用这种方式呀！你这样救得了你妈吗？"肖文武这一席话，犹如一记重锤，敲在小小这面响鼓上，小小哭得更凶了。小小这一哭，引得众人围观。隔壁房间有一对露水鸳鸯，女人探出头来看，与冯医生的目光撞在一起，立即把头缩了回去。冯医生见了，低着脑袋快速离开了酒店。原来，隔壁的那对露水鸳鸯不是别人，正是他老婆和艾军。这次营救小小的，正是肖文武的战友。他见男人把小小带来宾馆开房，知道小小是肖文武的熟人，也看出了那个男人不怀好意，便打电话通知了肖文武，从而避免了悲剧的发生。

　　肖文武告诉小小，她妈妈换肝的事，他和卢教授已经想到办法了。

三十六　病房闹剧

　　小小和冯医生的交易，非但没有成功，反而引发了轩然大波。

　　冯医生的老婆在隔壁房间听到外面的动静，从门缝里看到男主角是自己的男人，但碍于自己也正在干偷鸡摸狗的事，当时也只好忍气吞声。但女人晚上回家躺床上一想，怎么也咽不下这口恶气，她决定到他上班的地方去捉奸。

　　另一个人也想到孙小美的病房去探探虚实，那个人就是与孙小美貌合神离的艾军。他打的主意是一石二鸟、一箭双雕：一来是想作作秀，不让别人觉得自己做得太过分了；二来是想看看孙小美到底还有没有救，他好做进一步打算。

　　还有一个人也准备到医院来，他就是肖文武。他心里一直牵挂着孙小美，他要来找小小谈一谈，还要找卢教授商量孙小美治疗的事情。

　　小小同往日一样，七点多钟就起来了，她收起被褥和折叠床。见孙小美也醒了，小小在洗漱间接了一盆热水，搓了一下毛巾，又把毛巾拧干，把床摇起来成六七十度，让孙小美半坐起来，替她擦了擦脸和手。小小发现，妈妈的手背又有点肿了。她打来漱口水让孙小美把口漱了，替她擦了擦嘴角上残留的水渍。孙小美感觉舒服了很多，昨晚，她好几次痛得汗流浃背。

小小拉开床头柜的一个抽屉，取出化妆盒，替妈妈涂上粉底，又画了一下眉毛，最后，精心为她勾勒出唇线。"妈，我看你还是那么年轻漂亮，比我都年轻。"小小逗妈妈开心。孙小美回应她："比你都年轻，你妈不成妖怪了？"

"妈，今天早上想吃点啥？"

"没有胃口，什么都不想吃。"

"那怎么行呢，你要尽量多吃，才有抵抗力，还要准备手术呢！"小小替妈妈买了一份蒸蛋羹，一碗瘦肉粥。

孙小美吃了两口就搁下了。近几天，她胃口越来越差。她主要靠营养液维持体能。

小小又去拿来热毛巾，替她轻轻擦了擦嘴角。护士这时推着工作台进来了，说："孙小美，今天液体增加了一小瓶，卢教授给你加了消炎的药，我们早点输啊。"孙小美早已听惯了护士的说辞，知道她们的工作套路，配合地点点头。不一会儿，液体吊上了。小小才抓紧这点空当，端起护工送来的早餐，吃起来。

小小正吃着，艾军来了。小小忙问："爸，今天这么早啊，你吃了没有？"

"你吃你的，我等会儿下去吃。"艾军应道。

"昨天情况怎样？"艾军问小小。小小说："还可以，比较稳定。"艾军又压低嗓门问："手术的情况怎么样了？有眉目没有？"

"暂时还没有，等一下卢教授来了我再问一下。"关于换肝的事，卢教授和家属都愿意试一试，就定了下来。其实，肖文武早就找卢教授商讨过这件事，已经做准备了。只不过病人家属没有把钱一次性交齐，二人早已商量好，万一这个钱交不上，他们就想办法垫上把手术做了，这是最后的努力。

此时，小小追问艾军："剩下的二十万你找到没有？"艾军搪塞道："还在找。"小小说："你得抓紧，肝源一旦找到，就要马上手术。"小小说完瞪了艾军一眼，嘴里嘀咕了一句，"妈妈辛辛苦苦挣了那么多钱，不知搞到哪儿去了？"艾军自觉理亏，虽然听见了女儿在嘀咕他，却不敢应声，只是低着个头。

上午十点刚过，肖文武来了，他同卢教授一起走进病房，后面跟着冯医生。

艾军一见肖文武进来，心里老大不悦：就是这个人，老管他们家的闲事，他算老几呀？凭什么管我们家的事！难道跟孙小美在一个房间住院，心也聚到一起去了，这怎么可能呢？莫非这个姓肖的也跟冯医生一样，打我们家小小的主意？可是，他一进来，孙小美和小小的脸上就露出了笑容。看那个样子，我们家的两个女人都喜欢这个男人。艾军黑着脸，瞪大眼睛盯着这个有可能是情敌的人，却又无法发作。这里毕竟是病房，后面还跟着卢教授。

小小高兴地喊了一声："肖叔叔，你来啦！"那样子好像这个男人才是她和她妈的主心骨。

见到他们身后的冯医生，小小的脸一下子变得绯红，立即低头不语了。

卢教授拿着病历本，询问了孙小美一些问题，告诉她："我们正在为你准备换肝手术，这个技术目前已经趋于成熟，成功率也在不断提高。"并说，这是她唯一的希望，以她现在的病情，久拖不决，是要出大问题的。

孙小美知道事态的严重性，也意识到自己有生命危险，只是不愿意把这层窗户纸捅破。虽然自己也意识到可能活不了几天了，但求生是人的本能，再说，她还牵挂着女儿和父母，于是微微冲卢教授点了点头，算是表示认可。

卢教授又问："这两天输了消炎液，你感觉好些没有？"孙小美说："好是好点了，但断断续续地疼，还有就是睡眠不好，饭也吃不下去。"卢教授说："慢慢来吧，会好起来的，吃得少是因为我们每天给你输了400毫升营养液。"卢教授对冯医生说："冯医生，你留下把一些具体的事项落实一下，记住，各种记录一定要具体翔实准确。"说完，卢教授喊上肖文武，同他一起回到办公室。

进了办公室，卢教授掩住门，对肖文武说："老肖，孙小美的肝源，我早就在联系了，一旦找到了合适的肝源，就马上手术。唉，保不保得住命，就看孙小美的运气了。只是，这手术费，小小只交了订金，手术成功了好说，我看这家人不像赖账的人。万一手术不成功，我们就要担风险了。"

"是啊，教授，我也正在思考这个问题。孙小美的男人靠不住，孙小美挣那么多钱，才两个月，就不知道他把钱弄到哪里去了。小小还在念书，又是个女孩子，我怕惹出些其他的事情来呀！"肖文武想了想，又说道，"万一有人乘人之危，对小小不怀好意，这家人就彻底毁了！"

"老肖，要不我再把孙小美的老公和小小叫来谈谈，让他们回去再想想办法，尽量找亲朋好友多借点，剩下的我们再替她想想办法。"

"我同意。卢教授，这样做很好，只是太难为你了。你不但要为病人考虑治疗问题，还要考虑钱的问题。"二人正商量着余下的治疗费怎么办，护士推门进来喊道："不好了，卢教授，2

号病房的家属当着病人的面打起来了！"二人被护士喊得一头雾水，慌忙快步向 2 号病房走了过去。

来到门口，肖文武惊呆了！一个女人揪住小小的衣领，举起手，一耳光打过去，嘴里骂骂咧咧吼道："你这个小妖精，搞了半天，就是你在勾引我们家男人！看我不撕破你这张脸！"可是，她的手在半空中被冯医生的手挡住了。冯医生一把将小小拉过来，让她躲在自己身后。艾军也一把将那女人拉向自己的怀里。那女人拼命挣脱艾军的双臂，准备冲向小小，却被冯医生抱得严严实实。"行了！你到底闹够了没有？"冯医生说。那女人冲冯医生吼道："你个不要脸的，老娘要到纪委去告你，你和你姐姐姐夫一起搞腐败，赚病人的救命钱，还在外面要女人……"那女人叫嚣着又一次冲向小小，"你个烂货！小骚货！看老娘今天不……"

"住手！"肖文武用在部队下口令的语气，一声断喝。

"你们太不像话了！这里是病房，这是危重病人的病房！简直就是胡闹！"卢教授接着又对冯医生说道，"要吵要闹回家去！"

"是你？"那女人突然安静下来，问了肖文武一句。

肖文武更加震惊，原来，大打出手的不是别人，正是他老家的同学露露。在老家的时候，肖文武同她从小学一直读到高中，她倾慕肖文武的才气，拿今天的话说，她就是肖文武的粉丝。一开始，肖文武对她也有好感，参军后一直与她鸿雁传书，只是后来发现她贪财爱虚荣，他担心日后自己远在边疆，她耐不住寂寞，就逐渐和她疏远了。见了肖文武，那女人不好意思地说："你怎么也在这里？""我怎么就不能在这里？看来你的性子一点也没改呀！到底发生了什么事，你跑到医院来

三十六　病房闹剧

179

胡闹？"

"其实也没什么，只是我们闹了点家庭纠纷。""是是是！"冯医生马上接过话茬说。这下，肖文武多少明白了一点，原来，露露是冯医生的老婆。

孙小美拼尽全身力气大吼一声："你们都给我滚出去，我再也不想见到……"话还没有说完，就气晕过去。

卢教授冲冯医生喊道："快抢救病人！"

那女人一看事情惹大了，傻站在床头，一时没了主意。艾军给她递了一个眼色，她才悄悄地溜走了。

孙小美被抢救过来了。此时，艾军和小小、肖文武都出去了。病房又恢复了平静。孙小美半倚着撑起身子，去够小小的手包，从手包里拿出小小的镜子，一照着实把自己吓了一跳。镜子里是人是鬼？她突然在心里问自己，她不敢相信自己的眼睛。她又拿出小小的化妆盒，给自己补妆。她要在生命最后时刻依旧光彩照人。她预感到自己快不行了，从此谢绝见任何不相干的人。

三十七　被金钱撑破的胆

　　冯医生的老婆露露大闹孙小美病房，引起了医院的强烈震动。冯医生的姐夫，正是西蜀医院分管采购的副院长。

　　这件事情惊动了院党委，也惊动了地方党委驻卫生厅纪检组，根据组织上平时掌握的线索，驻厅纪检组决定对冯医生的姐夫进行立案调查。

　　冯医生的姐夫被要求在规定的时间地点说清楚规定的问题。第一天，他被带到一个陌生的地点，进去后，办案人员要求他把手机交给专案组保管，把身上的皮带等有可能危及性命的东西都取下来。两个医生给他量了血压，询问了他的病史，并一一记录在案。他一看这阵势，血压嗖地一下蹿到了 160—90，办案人员一下子警觉起来。医生说别怕，一般人见了这种阵势，血压都会升高的，这是虚高，坐上十分钟再测一次。果然，第二次测量时血压回落了下来。谈话正式开始。办案人员首先对他进行了告知："我们是纪委工作人员，根据党的纪律检查条例和国家监察法，现在要你在规定的时间地点说清楚规定的问题。"他心里咯噔一下，糟了！这就是说自己已经被限制了自由。但他转念一想，有人曾经和他说过，进去后办案人员会采取各种手段给谈话对象施压，只要自己扛住了他们的"三板斧"就没事。所以，他采取了以守为攻的策略，不管办案人员怎么问，他就是不开口。

第二天上午，专案组协调有关人员对他的住宅、办公室进行了搜查，七八个小伙子忙活了半天，收获颇丰。他家的床垫下面铺了一层现金，被办案人员起获；在天花板的吊顶里藏着两笔钱。办案人员叫银行工作人员当着冯医生姐姐的面用点钞机点了，一共是一千零六万元。专案组迅速扩大战果，又来到了他的办公室搜查，可是，除了在办公桌抽屉和保险柜里面找到了几万块钱以外，并无其他收获。

这时，冯医生听说在搜查他姐夫的办公室，放心不下，就假装有事情找院领导，来到了他姐夫的办公室。办案人员正要叫他回避，他却一屁股坐在他姐夫办公室的椅子上。这一细节引起了组长的警觉。"站起来！"组长冲冯医生命令道。他身子一抖，条件反射般站了起来。组长拿起椅子把两头撬开，果然，椅子上的钢管是中空的，组长顺手抓起办公桌上的一个锤子，向椅子上的钢管敲击了几下，果然有东西露了出来，又用力敲了几下，几个纸团掉了出来。办案人员捡起纸团，展开一看，是银行的存单。四张存单，每张一百万元。

铁证如山。冯医生的姐夫在铁的事实面前，说不清楚这巨额财产的来源，不得不如实交代了他贪污腐败的事实。

他贪腐的方式，五花八门：

第一种是直接吃回扣，按比例抽成。

第二种是虚报冒领，给自己发钱。

第三种是靠山吃山，开药店。

第四种是把七大姑八大姨都叫来，在医院门口倒卖医院挂号凭证。

　　这个消息不胫而走，迅速传遍了全院。卢教授一连几天心情沉重，他感觉躯体就是缩小了的社会，社会就是放大了的躯体；腐败就是放大了的癌症，癌症就是缩小了的腐败。

三十八　绝望中伸出的援手

冯医生的姐夫，就这样从医院的办公楼跳下去，了结了一生。这个身体上没一丁点儿毛病的人咋就走在孙小美前面了呢？孙小美一开始没想通这件事情，后来就想通了：他是灵魂出了毛病。孙小美的灵魂没毛病，身体却出问题了。

孙小美的遭遇引来了人们的关注。正在她绝望的时候，四面八方伸来了援手。

肖文武直接打了十万元到孙小美医院的账户里。肖文武的钱是省下来的，他回到家中，把几个存折拿出来凑了凑，一共十万零三百块。他做出这个决定的时候，怀疑过自己的动机：萍水相逢，值不值得这样做？难道自己有了其他的私心杂念？肖文武反复地问过自己后，找到了给孙小美捐款的三条理由：第一条理由是，得了癌症之后他把一切都看淡了，什么名利、金钱，那些都是身外之物。第二条理由是，孙小美是个大美女，自己不能眼看着世间这么美好的生命转瞬间就这样消失，那样实在是太过残忍，怜香惜玉之心人皆有之。第三条理由是，他记得一位哲人曾经说过：儿孙不争气，你就是给他留座金山又如何？儿孙有出息，你留座金山给他也没用呀！肖文武只记得个大概，给子孙留财产，弄不好会弄巧成拙，反而害了后人。

这三条理由看似没有什么紧密的逻辑联系，其实不然，一是对生命的彻悟，二是对生命的挽留，三是对未来生活的预期和畅想。肖文武想，既然是这样，那就毫不犹豫地把钱捐了吧！

卢教授和大伙儿一起凑了十万元给孙小美。前两轮靶向治疗效果不佳，钱花了，病情没有控制住。对此，卢教授深感内疚，一直在想能为孙小美做点什么，弥补一下。现在，病人已经到了生死关头，需要最后一搏，又偏偏为钱所困。"不应该呀，不应该呀！"卢教授一面感慨，一面用试探的口吻与老婆商量，"医院里大家都说你是活菩萨，人好心善，我们能不能为孙小美捐点钱？"老婆问："为啥子呢？就因为那个病人曾是美女，我们就要捐点？"卢教授赶快嬉皮笑脸地凑上去，一边给她捶背一边说："不管她美不美，只要是一条生命就该救，是不是啊？我的老婆大人？""捐多少呀？"老婆又问。"两万，两万不算多吧？"老婆说："两万小气了点，我们家捐三万吧！""好好好！三万。"卢教授附和道。"不过，话要说清楚，治好了病你就不许与她来往了。"卢教授马上答应："好好好！"这正是他巴不得的事情。不过，他此时此刻想的是，接下来该怎么再给孙小美凑点钱。老婆到银行取了三万块钱现金，卢教授揣在包里，思忖着这样直愣愣地交给病人家属，怕是让人难以接受。于是，他叫来一个实习生小丫头，叮嘱她将这笔钱存进孙小美在医院的账户里。这个实习生交钱时，出纳问钱是谁给的，实习生说是卢教授。出纳说了一句："唉，这个卢教授，不但给人看病，还帮人家垫钱，真是的。"实习生转身欲走，又被出纳叫了回去，问："妹，请问一下，这个病人孙小美是个什么人？"得到的回答令她很失望，实习生说："她是一个危重病人，准备换肝，交不起钱。"

这个秘密，经实习生一泄露，不到一个上午，就在肝胆外科传开了。真是一石击起千层浪，迅速引起了连锁反应，医生带动护士募捐，护士带动护工募捐，大家你一百、我一千、他一万，一共凑了十万元。科室主任捐了两场手术的加班费，护士长捐了一个星期的夜班费，正当他们准备交款时，护工张大姐找到护士长说："我也要捐一天的护工费。"张大姐同时看护了三个病人，没日没夜地伺候着他们，每人每天收费一百元，一共三百元。

不知咋的，孙小美病危的消息在荷花池市场传开了，大家都说："可惜了，那么好的一个人！心好，又长得好，怎么就得了这种怪病呢？这是招谁惹谁了？"孙小美命悬一线，正等着钱做手术，于是，就有人发起了募捐。她教过的一个学生考取了七中，家长说："是孙老师给他把底子打得好。"这位家长一下子就捐了六千块。还有一个考取了四中的学生的家长说："以前娃娃拉科，多亏了孙老师给他补语文。"这位家长捐了四千块。还有几个娃娃，没遇到孙小美之前，整天在市场摊子上混，说脏话，偷东西，被派出所弄进去好几回，却被孙小美给降住了。其中一个孩子的家长说："浪子回头金不换，孙老师不知为我们家省了多少钱！"这几位家长一人捐了一万块。

就这样，老乡们积极捐款，你出五千，我出一万，又凑了十万元。

这次，卢教授亲自把小小叫到他办公室，告诉她手术费凑够了。小小一头雾水，卢教授只好照实说了，小小哭成了泪人。卢教授说："好了好了！千万不要让你妈知道，她知道了会拒绝做手术的，依她要强的性格，她是决不会连累大伙儿的。你也是搞这一行的，你要知道，这可是她最后的机会了。"之后，卢教授又同小小一起来到病房，与孙小美沟通手术方案。

三十九　生命的回光

　　孙小美静静地躺在无影灯下，蓝白条纹的病号服被解开。卢教授的两个年轻女学生见了，内心有些伤感：孙小美就像一块干柴，皮肉干枯贴骨，肚腹凹陷。护士不忍，快速找来一块洁白的手术布为她盖上，只露出肚皮及肚脐眼。孙小美也想开了，大不了一死，换了肝，兴许还可以多活几年，何不拼一下呢！就像士兵上战场，宁愿战死，也不愿吓死。想到这里，她干脆提前闭上眼睛休息。手术开始时，她耳朵里还不断传来手术器械的金属碰撞声，不知不觉她就不省人事了。

　　卢教授戴着乳胶手套用手指在孙小美的肚皮上比画了几条路线给助手们看，然后喊道："各科注意，手术开始。"麻醉师报告，麻醉到位。助手递上一把柳叶刀，一刀下去，皮肤向两侧一崩，一道白口子翻起来，接着就是鲜血从毛细血管里渗出来，一层、两层……教授不断地指挥助手用消毒棉球擦干渗出的血液。肝脏露出来，上面长满了黄豆大小的颗粒，卢教授说："你们看，这上面长的全是肿瘤，这说明癌细胞的繁殖力是惊人的。"卢教授用左手拨开肝脏，肝下面竟然隐藏着一个拳头般大小的肿瘤，由于它的强势占位，胰腺和胆囊都被挤得变了形。问题的根源就在这里。这个坏蛋很狡诈，选择躲在

"营养工厂"的角落里吸取营养。长势快，又不易被发现，而且破坏性极强。

卢教授说："大家注意，这种情形是少有的，一旦遇到了，换肝几乎是唯一的希望。"

孙小美做了一个梦，她看见自己正大义凛然地走向地狱之门，那是一个长长的走廊，刚进去时一片漆黑，等她走了几步之后，前方出现了一道寒光，逐渐把走廊照亮，地狱的轮廓清晰起来。走廊的尽头是一个威严而阴森的大厅，大堂之上端坐着一个青面獠牙、面目狰狞的凶神恶煞，他正是掌管万物生灵阳寿阴寿的阎王爷。见孙小美毫无畏惧之心，旁边的牛头马面冲她喊道："还不快快给阎王爷跪下！"孙小美想跪，双膝却是又硬又直，怎么也跪不下去。

"你一个年纪轻轻的弱女子，怎么到这十八层地狱来了？"阎王爷一开口，众鬼神便跟着吼起来。孙小美听了，一时语塞，她也不清楚自己究竟干了什么伤天害理之事，被打到这十八层地狱。她反问道："我一个良家女子，不曾杀人，不曾放火，不曾虐待公婆，为何要判我死？"阎王爷见她不服气，便拿出生死簿，在上面翻来覆去地找孙小美的名字。孙小美看见，阎王爷抬手在她的名字上打了一个钩，表示这个女人收了。但马上又在上面打了一个叉，表示现在还不能接收她……

孙小美的感觉没有错，其实正是这一群白衣天使，把她从阴曹地府夺了回来。

经历了长达八个小时惊心动魄的手术后，孙小美醒过来了。

这天夜里，孙小美伤口疼，小小叫来护士。护士给孙小美打了一针止痛剂，她随后坠入梦境，这次她见到的不是阎王，是肖文武。

她梦见他们相约去乡下，他给她读泰戈尔的诗："生如夏花之绚烂，死如秋叶之静美。"她对肖文武说："假如有那么一天，就让我一个人躺在山里静静地死去，既然不能让我生如夏花般绚烂，就让我死如秋叶般静美吧。"她觉得这样既平静，又不折磨他人。

起初，他们一起欣赏田园风光，一边干农活儿，一边尽情享受大自然的美。后来他们一起爬山，开始时每往山上爬一步都感到很吃力，两腿发酸，心发慌，大汗淋漓，他们相互鼓励，就这样前进了10步、20步、50步。实在太累了，他们就近找来一块光洁的鹅卵石，背靠背坐在上面小憩。坚持了一段时间后，他们终于登顶了。

这时，孙小美掏出一个化妆盒，很认真地为自己打扮起来，一边打扮一边说道："人生在一个舞台谢幕，也许在另一个舞台开场，无论在哪个舞台，扮演什么角色，人都不能窝窝囊囊。"

看着如此凄美的孙小美，肖文武忽然诗兴大发："红酥手，黄滕酒。满城春色宫墙柳。东风恶，欢情薄，一怀愁绪，几年离索。错，错，错！"

孙小美接着吟诵道："春如旧，人空瘦，泪痕红浥鲛绡透。桃花落，闲池阁。山盟虽在，锦书难托。莫，莫，莫！"

然后他们又齐声咏诵徐志摩的《再别康桥》："轻轻的我走了，正如我轻轻的来……"接着，他们又咏诵裴多菲的《我愿意是急流》："我愿意是废墟，在峻峭的山岩上，这静默的毁灭，并不使我懊丧……"

正当他俩相拥而泣，飘飘欲仙，准备纵身一跃，乘风归去，孙小美看见半山腰上有一个人影在晃动。他们走过去才看清，那是一个白胡子老人。他背着一个背篓，正朝山顶攀爬。背篓里面装着一筐说不出名的草药。老人从他们身边走过，打量一番后主动和他们搭讪："哎，我这老头子活了八十多年了，头一回听说，老黄牛还能得肝癌。那天，我请兽医来给它看了一下，兽医说是没救了，让我等着吃牛肉吧。老黄牛听了，泪流不止。老兽医不忍心，给我开了几副草药，让我去山上拣来煎水喂它。哪晓得老牛喝了三天药，竟然又开始吃东西了。牛都舍不得死，更何况是人呢？"孙小美心里咯噔一震，牛能吃好的药，人难道不可以试一下吗？他们找白胡子老人讨要了秘方，又拿了些草药来，煎水喝了。三天后，奇迹果然出现了，孙小美觉得手脚有了力气……

孙小美从梦中醒来，意犹未尽。突然间，她意识到还有一件顶重要的事情要交代。

她伸手推推趴在床边的小小，小小问道："妈，你醒啦？"孙小美艰难地微笑着点了一下头说："给妈擦把脸，我出了好多汗。"小小赶紧去打了一盆热水，给妈妈擦脸。擦完脸，孙小美又对小小说要上妆，小小拿出化妆盒给孙小美化妆。孙小美叫小小坐下，说："妈妈有件重要的事情要告诉你。"小小瞪大眼睛期盼着，孙小美继续说，"我不能再瞒你了，娃娃，艾军不是你的亲爹。你的亲爹叫钱成，现在在美国。"

"妈，你说啥？你是糊涂了吗？妈！"

"妈没有糊涂，妈告诉你的是真相。"

"妈，你别说了！"小小似乎对一些想不通的事情豁然开朗，然后哇的一声哭着扑向妈妈的怀抱。

"好了，小小，那么大的闺女了，还哭鼻子，叫人笑话。"

"妈，我不哭了！"小小轻轻地用衣袖抹了一下脸上的泪水。

"小小，天亮了，收拾好东西，咱们回家。"孙小美提出回家的想法，这让小小感到不安。

家在哪儿呢？

他们荷花池的房子，因艾军吃官司，被法院查封了；老家的老房子，也已经被艾军贱卖了。小小一边为妈妈化妆，一边思忖着：是告诉妈妈真相的时候了，再晚就来不及了。她不能让妈妈不明不白地走了，那将是自己一生的遗憾。

四十　送别

　　孙小美手术之后，肖文武一直放心不下。大清早，他就打了一辆车赶来西蜀医院。刚到护士站，就见医生护士急匆匆地进进出出，肖文武感觉不妙，朝病房小跑过去。

　　孙小美不省人事地平躺在床上，输液管中的液体走得很慢很慢。小小突然喊了一声："肖叔叔来啦！"听到这一声喊，孙小美奇迹般地睁开了眼睛。她的嘴唇微微张了两下，没能发出声来，此时，她已没有了说话的力气。肖文武忙问小小："昨晚还是好好的，这是怎么啦？"小小欲言又止，说可能是出现了排异反应。

　　孙小美深度昏迷，上早班的卢教授直奔病房，这是他近两年来最成功的一例大手术，又是他最不放心的一例手术。因为排异反应是不确定的一个东西，在不同的个体身上会出现不同的反应，说白了，手术虽然成功了，但她自己的身体能不能接受别人的器官，就要看她有没有这个命了。卢教授问值班医生昨天医嘱执行得怎么样，又问值班的护士昨晚病人的生命体征如何，液体走得是否正常，最后又转过身来问小小："昨晚她休息得怎么样？有没有发生什么情况？"

　　小小低着头，又抬起头，看看卢教授，又看看肖文武，觉得还是不能说，因为这件事对她来说太沉重了，太私密了。

肖文武跟随卢教授来到了他的办公室。"老肖，我最担心的事情还是发生了。"卢教授自责地说，"这是我们最不愿意看到的结果，钱花了，人没拉回来。"

"卢教授，你不必太自责了。只要咱们尽力了就行，这是科学，是探索，是允许失败的，更何况孙小美不是还好好地在那里吗？"

"术后，病人一旦出现昏迷不醒的状态就不是好兆头，前年我经手的一个病人也是这样。早知是这样的结局，我们何必让病人去花这九十几万的冤枉钱呢？"

"教授，咱们冷静点。总不能看见病人有一线生机而见死不救吧？所以，医院的决定是正确的，无可厚非，病人家属也没有怪罪医院的意思呀。"

二人正议论着，护士长推门进来说道："卢教授，孙小美的情况现在又稳定下来了，液体走得也正常了。"卢教授叹了口气："唉！我就是担心出现排异，从昨天到现在一直提心吊胆的。"二人又跟着护士长回到了病房。这时，孙小美输的液体又慢了下来，护士长说："刚才还好好的，怎么一下子又慢了？"卢教授说："这是正常的，说明病人的生命体征不太稳定，跟咱们护士的技术无关。""孙小美、孙小美！"卢教授喊了两声。孙小美半睁开眼睛，嘴唇微弱地动了一下，从口形上看得出，她在回应卢教授。

"你要有信心！我们刚把你从阎王爷那里拉回来，你要相信我们，我们人多势众，不怕他们。你要配合我们，光是我们使劲儿，你自己不使劲儿也白搭。"

"对对对，马上就成功了，再坚持一下。"肖文武抓住机会补充道。

卢教授转过身来，对肖文武和小小说："排异反应对于一般个体来说都无法回避，只是强烈与微弱的区别。我们医学上管它叫作异体组织进入有免疫活性宿主不可避免的结果。按时间长短，又分为超急性、加速性、急性和慢性，主要表现为恶心厌食、发热乏力、肝区疼痛、嗜睡昏迷、相关肝功能指标升高，等等。"卢教授继续说道，"不论出现哪种情况，都是我们预料之中的事情，也就是说，我们都可以采取相应的措施去应对。所以，我们一再强调，病人要有信心，家属也要有信心，有了信心就有精神，而精神这个东西，目前的研究表明，它是可以提高人体免疫力的。"

小小正在为妈妈搓输液的那只手，听了教授的这一席话，轻轻地在妈妈手背上拍了两下，说："听见没有？妈妈。"孙小美听了，也有些按捺不住想说话，试了试，还是觉得没有力气，只是艰难地点了点头。

孙小美的情况不妙，肖文武便没有离开医院，他要一直陪着她。无意间，一个电话打进来，肖文武指指电话，向孙小美做了一个手势，出去接电话了。是一个战友打来的，问他在忙啥，他说在医院，战友忙问："又怎么啦？"肖文武赶紧解释自己没事，是来看一个病友。"哦，就是和你同一个病房的那个美女呀？"肖文武一听，战友在调侃他，忙说："她快不……"刚说了半句，他就听见小小在喊："妈！妈！妈！"声音一声比一声紧张，肖文武马上挂了电话，跑进病房。

孙小美的眼睛微微睁着一条缝，一缕夕阳洒落在她的眼睛上。有人说太阳就是宇宙的眼睛，那一束光就是宇宙的目光，专门来收集凡世间那些没有归宿的灵魂。

小小万分恐惧，一边呼唤，一边用力想把妈妈摇醒，可是，不管她怎么用力，妈妈也没有回应。玻璃瓶里的液体停止了流动，这表明，孙小美的血液在血管里已经停下来了。小小不知所措。肖文武见孙小美的眼睛仍然半睁着，好像有什么事情还没有交代清楚。这时，孙小美的右手微微地动了一下，似乎是朝小小指了一下。肖文武俯下身子，把脸紧贴在她的脸上说："放心吧，我会关照小小的。"也不知道孙小美是否真的听到了这句话，反正肖文武说了这句话后，她就奇迹般地闭上了眼睛。这时，医生护士全都赶过来，大家都默不作声地低下了头。小小拿出化妆盒，认认真真地为她化了最后一个妆，努力使她和平时一样美丽，保持那种生命的尊严。

生命是那样的脆弱，像水一样，不经意就从指间流过。此时，小小已是万念俱灰：人没了，钱也没了！外公外婆没了，妈妈没了，爸爸也不是她的亲爸爸，亲爸爸又不知所踪……一个想法在她的心底逐渐清晰起来："妈，你在天堂等我。"

肖文武回到家中，放开嗓门痛哭了一场。话说男儿有泪不轻弹，他自己也觉得莫名其妙，难道自己叹息的是一朵鲜花的凋零？是留恋她的美色？不！他发现自己叹息的是人的生命，是生命如此脆弱，像是木材烧成了灰烬，残酷，残忍。生命的意义究竟是什么呢？活着的走向，明明是死亡，那么，人们为什么还要拼命挤破头、削尖脑袋往前钻呢？

孙小美的离世，也使卢教授遭受了沉重的打击。这明明是一例成功的手术，而又不得不承认是一例失败的手术。生命同他的职业生涯开了一个玩笑，很难遇见的超急性排异反应偏偏被他碰上了。

冯医生也听说了孙小美离世的消息。有庆幸，也有内疚。

庆幸的是在孙小美身上赚的两笔钱算是稳了，内疚的是这些年他在病人身上赚了那么多钱，就像在鸡脚杆上刮油。他本想着有了钱就有了一切，却低估了这个"一切"里的罪孽所带来的惶恐与不安。他可以预见的是，等待他的将是道义和法律的双重审判。

艾军办完了孙小美的后事，心中窃喜，有点幸灾乐祸的味道，但他万万没想到的是，等待他的将是精神和肉体的双重折磨。

四十一 又一个爱情"骗局"

　　小小回到家里。她知道，理论上这里已经不是她的家了。她望了一眼艾军，"爸爸"二字却怎么也叫不出口。她想恨妈妈，却怎么也恨不起来：当年她生我养我，一定有不得已的原因，只是，她本该早点把这一切告诉我。现在，妈妈已经仙逝，怪她也已无济于事。想到这些，小小想哭，却发现自己的眼泪早已哭干。她就这样，呆呆地坐在妈妈平时用的化妆镜前。到了午夜，她恍惚看见妈妈出现在镜子里，她想伸手去抚摸妈妈的脸，可伸手只触到冰凉的镜子。她从衣柜里找来妈妈最爱穿的一件白色连衣裙穿上，给自己扑粉、描眉、抹口红，完完全全照着妈妈的样子给自己化上妆，并学着妈妈的神态在镜子前走了两步。后来，小小就再也分不清哪一个是自己、哪一个是妈妈，或者，她们俩根本就是一个人。

　　艾军在他的房间里收拾着生意上的合同和票据，还有他认为值钱的东西。这套房子已经被法院扣押，再过几天将要强制执行。此时，他正想着去哪里落脚的问题。回想这十几年时光，他如大梦一场，从那天夜里在黑暗中救了孙小美，到后来他们一起打拼，不能说不苦，又不能说不幸福，但人总是想往高处走，只不过每个人理解的高处有所不同。他满脑子想的是荣华富贵——那些现在看来有点虚无缥缈的东西。这时，艾军后悔他和孙小美没有生个孩子：有了孩子兴许还有奔头。想到这里，他又想着怎么打发小小这个丫头：虽然不是亲生的，但养了十几年，毕竟给自己带来不少欢乐，如今只好把她赶到学校去了。

天亮了，他轻轻地敲了一下小小房间的门，没人应。他又重重敲了两下，还是没人应。艾军推门进去，屋子里没人。他马上又到孙小美住的那间屋去敲，还是没人应。推门进去，梳妆台上摆满了孙小美用过的化妆品。艾军警觉起来，孙小美走了之后，小小就没再喊过他一声爸，也许是孙小美告诉了她一切。

突然，楼下道路上传来了叽叽喳喳的呼唤声。艾军推开窗户一看，道路旁边聚了一堆人，正对着楼顶指指点点，像是冲他们这栋楼的楼顶叫喊，一辆消防车呼啸而来。艾军感觉到事情不妙，他夺门而出，一路奔到楼顶，一下子傻眼了：孙小美怎么在楼顶上？艾军吓得倒退了两步，再定睛一看，是小小穿着孙小美那件洁白的连衣裙正站在楼顶的边缘。

"小小，别干傻事！"艾军刚向前迈出一步，小小立马指着他说："你别过来！过来我就跳下去。"小小觉得，她来到这个世上走一遭，就是入了一个骗局，如今，带她到这个世界来的人已经走了，带她妈到这个世界来的人也走了，只剩下她一个人，孤苦伶仃的。现在只要她主动一跳，她就能摆脱这个骗局。她本可以昨天晚上就了结自己的，她又一想，自己不能无声无息地走。艾军，那个她叫了十几年爸爸的人，在妈妈最艰难的时刻背叛了她，她下定决心，就是死，也要给他点颜色看看。此外，她还有一个心愿没了，那就是再看肖文武一眼。为了救治妈妈，他是那样的无私。如果走之前未见上他一面，那将是终生的遗憾。

消防车的云梯已经升到了半空。有人喊，这样不行，够不着，要走楼梯上去！还有人喊快垫垫子，万一跳下来也许还有活路。消防队中队长指挥消防员搬来了充气床垫，打足了气，床垫鼓得像一座海绵垒起来的小山。

中队长上楼后见艾军与小小在那里僵持着，艾军一说话，小小就往边上靠，那种情绪完全是极端对立的。中队长说："前面的人听着，你是女孩什么人？请你立即退出现场，这里由我们接管。"艾军回头一看，是全副武装的消防队队员，知道小小这事闹大了。他忙应答道："我是女孩的父亲……"没等艾军后半句话说出嘴，小小一句话给他怼了回来："他不是，他是骗子！"这一番对话，把救援人员搞蒙了。"你到底是她什么人？"中队长又问了一句。一旁的小区保安忙解释道："他确实是女孩的父亲。"艾军无奈，只好连连后退，这时他突然想起来一个人，于是给他打电话。

"前面的人听着，我们不管你遇到了什么不幸的事，但生命是最最重要的，犯不着拿命去赌。再说，你这样做影响了社会稳定，如果后果严重，必须承担由此带来的法律责任，听明白了吗？"消防人员一边说，一边向小小移过去。

"你们别过来，过来我就跳下去！"

"别激动！别激动！你若是受了什么委屈，你可以对我们说，我们可以替你做主。"

小小没有回话，只是在原地蹲了下去。

"喂，是肖处长吗？首长好，哎呀，有个事情十万火急，想请你帮忙。"肖文武接到艾军的电话，以为是艾军有生意上的事情想找他帮忙。没想到艾军接着说："快！首长！救救小小，要出人命了！"

"小小？小小怎么啦？"

"小小想不开！"

"到底怎么啦，你快说啊！"肖文武焦急地等待着艾军的下一句。

艾军说："小小不想活了，她，她要跳楼！"

"啊！？跳楼，在哪里？"

"她已经爬到楼顶上了，快！首长，晚了人就跳下去了。她听你的，你快来！"

肖文武急忙下楼拦了一辆出租车，直奔小小家的小区而去。

"小小，别做傻事！"

小小听到这个熟悉的声音，心里一震。

"别激动，千万别激动，我是你肖叔叔。"肖文武说这话时声音显得有些颤抖。眼前的情形，就像是在救助一个高空中走钢丝被困在半空中的人一样。小小命悬一线，稍有不慎就会坠入万丈深渊。他连续做了两次深呼吸，以稳住自己的情绪。

"你凭什么管我？"小小的情绪又波动起来。

是呀，我凭什么管她呢？肖文武灵光乍现："我受人之托，你妈托我照顾你。"

"我妈已经死了！"

"你还有你爸，还有爷爷奶奶、外公外婆。你怎么忍心抛下他们？"

"我没有爸爸，外公外婆也死了！"

听了这番话，肖文武愕然地望向艾军，艾军说："她说的是真的。"

肖文武走过去同中队长交谈了几句，让他把其他人都撤到楼里面去。中队长问："你是她什么人？有把握吗？"

　　"哦，我是她叔叔。"

　　见其他人都撤走了，肖文武亮出了最后一个撒手锏。

　　"小小，你年纪轻轻的，不觉得有什么值得留念的吗？至少还有学业和爱情等着你。"

　　"学业？爱情？我已经没钱读书了，像我这样的人，哪个男人要我？"

　　"你不是说要找一个我这样的人吗？你忘啦？"

　　"你这样的人，到哪里去找？你愿意要我吗？"

　　肖文武明白，小小现在最缺的是安全感，这个时候只有顺着她的思路走进她的心灵，才能救她。于是，他含含糊糊地说道："那就让我们一起来面对，我愿意帮你。"

　　小小以为自己听错了，转过半个身子又问了一句："你愿意？"

　　见小小的情绪放松下来，肖文武知道抓住了她的心结。肖文武早就看出小小这姑娘能从他这里找到安全感，于是趁热打铁说："你能不能先从楼沿上下来，你这样我们咋聊啊？这万一……"

　　听到这里，小小转身朝向肖文武，坐在楼沿上。

　　中队长轻轻说了一声："上！"被肖文武用一个斩钉截铁的手势拦下了。他不经意地向前挪了两步，现在他与小小只隔三米远的距离，但他仍然不能贸然行动，便也坐在原地，显得与小小是平等的，然后继续与小小交流。

　　小小这才把妈妈走时告诉她的真相说给他听，又对他说了外公外婆的事情，说了老家土地被贱卖，蓉城的家被艾军拿去做抵押、被法院扣押的实情。小小憋屈得太久，太需要倾诉和宣泄了。

不知过了多久，肖文武也不知自己说了些什么话，许下哪些承诺，反正只要能使小小回心转意，不论是真是假，也不论办不办得到，他都先应下。小小就这样自己离开楼沿朝他走了过来。小小走过来时，嘴唇绛紫，浑身发抖。肖文武脱下自己的外衣，披在她身上。

肖文武很快就遇到了另一个问题：他要把小小带到哪里去？送回她家，她肯定不愿意；带回自家，也不对，邻居们看见他带一个小女孩回家算什么事？于是，他又想到了战友工作的那家酒店，可以将小小安置在那里，等她情绪稳定下来，再把她送回学校。

来到酒店，战友为他们开了一个房间。小小坐在床上，肖文武坐在写字台旁，二人沉默不语，坐了一天。眼看天色黑下来，肖文武饥肠辘辘，便提出二人去吃点东西。小小说不饿，让肖文武自己去。肖文武不敢离开半步，她说不去，自己也不去了。小小心疼肖文武，于是勉强答应同他去吃点东西。二人来到酒店餐厅，找了一个靠窗的餐桌坐下，战友给二人安排了三菜一汤。正当二人准备动筷子时，走来一个推销啤酒的，小小一时兴起，要了一瓶啤酒，要与肖文武分享。肖文武大病初愈，尚在休养，不能沾酒，但看到小小这样，为了让她从悲伤中走出来，同意陪她少喝一点。

"不如我们去唱歌？"喝过酒后，小小忽然高兴地叫起来。肖文武只好和小小来到歌厅。小小点的全是爱情歌曲，什么《妹妹找哥泪花流》呀，什么《在那遥远的地方》呀，还点了一首叫什么《有多少爱可以重来》，肖文武没怎么听过。小小主动邀他跳舞，大大方方地轻轻倚在肖文武身上，让肖文武搂着自己的腰。

二人回到房间，小小说要洗澡。肖文武心想：这孩子终于想通了，也好，洗一洗这满身的晦气，好回到学校去。大约过了半个小时，小小从浴室出来，穿一件洁白的睡衣，手指如玉，面色桃红，头发散发着香味。看到小小这副样子，肖文武说："呵，小丫头一下子变漂亮了！这才是我们的小小嘛。"

谁知，小小一下子扑上来，说："我还没有玩够，还要跳舞。"

"小小，别瞎闹，早点休息吧。"见她不肯松手，肖文武接着说，"我也要回家睡觉了。"

"不行，你走了，我又不想活了！"小小撒娇地说，"就跳一曲嘛！"

肖文武说："好好好，就依着你，跳一曲。"

二人跳了一会儿，小小在肖文武身上摩挲起来，用手抚摸着肖文武的胸口，火辣辣地盯着肖文武说："你什么时候娶我呀？"

"谁说要娶你啦？"

"还想抵赖，你也骗我吗？你不说娶我，我就不会跟你回来。"说着，小小双手搂着肖文武的脖子就往上凑。

"小小，你这是亵渎！对你妈妈的亵渎，对你自己的亵渎，对青春的亵渎，对生命的亵渎，对爱的亵渎！懂吗？"肖文武像机关枪似的一连串发问，把小小问蒙了。

"叔叔，我……我我……"

"我什么我，你妈妈尸骨未寒，你就这样报答我？这是把我推向万劫不复的深渊，让我的灵魂永世受到道德的审判。"肖文武见小小无言以对，趁热打铁说，"我是把你当闺女看的，从现在起你叫我干爹！从今往后你给我打起精神来，学费和基本生活费由我出，零花钱你勤工俭学自己挣，我会给你找干活儿的地方。"小小不敢相信自己的耳朵，这是她平生第一次体会父爱如山。

哇的一声，小小哭着又一次扑向了肖文武，甜甜地喊了一声："干爹！"

四十二　欲望的代价

　　艾军已经被拘押在看守所两个月了，罪名有两个：第一个是卖假药牟取暴利；第二个是聚众淫乱，伤风败俗，危害社会治安。

　　经刑侦大队查明，他和冯医生的老婆卖的好几种贵重药品都不是正规药厂生产的，换句话说，没有取得国药准字号。艾军狡辩说，自己卖的药，不存在药品成分不达标的问题；也不存在以非药品冒充药品，以此药品冒充其他药品的问题。说来也怪，检验结果出来，艾军他们卖的药，在成分上与真药没有什么差别，对相应的疾病具有与真药一样的功效。当然，艾军他们搞的更多的是那种吃不好也医不死人的庸药，用他们的话说，这叫只谋财不害命。至于有的药确实管用的问题，有另一件法律武器等着他们，那就是商标侵权。

　　自打被拘押之后，艾军就觉得身体下面痒痒的，用手挠挠，能暂时缓解一下难受劲儿，但过不了多久又开始痒起来，后来就出现了鲜红的疹子，再后来就溃烂了。一开始他羞于启齿，想忍一忍兴许就好了，或者等两天出去搞点药抹一下就好了，没想到好也好不了，出也出不去。艾军向办案人员提出自己不舒服，要上医院，办案人员以为这小子又要要什么滑头，并没有理会他。某天，艾军觉得浑身发烫，再次请求看医生，办案人员来了一看，这小子烧得浑身发抖，像打摆子，才叫来狱医给他量体温。狱医报告说艾军烧得严重，三十八度七，必须送医院。办案人员不得不向上级报告，把他送到了监狱医院。

下午，狱医把化验结果拿回来了，发现艾军感染了艾滋病，HlV病毒检测呈阳性。没过两天，艾军就表现出由HlV感染引起的机体免疫功能缺陷，出现发热、恶心、厌食、创面久治不愈等症状。他们不得不把他转移到一个专门的传染病监狱里去，在那里，每次提审都要采取专业的防护措施。

办案人员不得不对他的性伙伴展开调查。首先进入办案人员视线的就是冯医生的老婆。那次大闹病房，引发了医院的强烈震动，当办案人员查封她家的赃款赃物时，她才明白了"覆巢之下，焉有完卵"的道理。于是，她便变本加厉地发泄，挥霍一切，包括自己的肉体，任由扭曲的灵魂带着她的肉身彻夜狂欢。前段时间，有一个蓝眼睛、高鼻梁，长得人高马大的外国男人来她的公司推销医药产品，她就和这个外国男人勾搭上了。

艾军曾经对她说过，如果她胆敢去跟别的男人鬼混，他就搞死她。悲哀的是没等艾军知情，现在他即将被她搞死。艾军还没有等来法院的判决书，先等来了医院的"判决书"，医生"宣判"：由于艾滋病病毒严重地破坏了他的身体免疫系统，目前他正受到多种疾病的攻击，最多只能再活一年。这就等于说，他被医学判了"死缓"：死刑缓期一年执行。

艾军这两天烧得稀里糊涂的，绝望中他突然想起一句话：舒服一阵子，后悔一辈子。

四十三　迟到的慰藉

波音 757 飞机沿着青藏高原的边沿，盘旋着下降。机舱内响起了空姐的声音："请大家打开遮阳板，系好安全带，收起小桌板，我们的飞机将在二十分钟后降落。"

钱成把鼻子和脸贴在舷窗上，生怕眼睛和舷窗玻璃之间出现哪怕是纸一样薄的一丁点空隙，把眼前的祖国看得不真切。然而，他这种努力是徒劳的，机翼下面，一层厚厚的乳白色的云，像一床大棉被一样将大地的一切罩得严严实实。它就像一个设计精巧的谜底，不到最后一刻绝不会揭晓。

钱成此行是陪导师到西北某研究所开展重离子轰击癌细胞的学术交流活动。

人体上亿个细胞每天都在辛勤地工作，但凡出现一个变异者，身体就会失控。变异者会疯狂争夺人体的营养，恶性繁殖，挤占其他细胞的空间，从而危及人的生命。人们当下对付它的手段主要有外科手术，相当于定点清除，可这往往只能治标而不治本。还有就是药物治疗，虽是打入身体内部，但是，对付狡猾的癌细胞收效甚微。第三种就是放射治疗，这种敌友不分的武器常常出现"奸敌一千，自损八百"的现象，人们称其为"蒙眼杀手"。另外就是重离子轰击癌细胞治疗法，据说它可以分清敌友，从而对癌细胞进行精准打击。

　　钱成本来是学汉语言文学的，他把研究改换到核物理方向，隐藏着一段心酸而痛苦的经历。钱成与晓薇准备步入婚姻的殿堂，突如其来的疾病却把晓薇击倒了。晓薇被送往医院，医生说她得了脑瘤。当时医院正在招募志愿者，试验一种治疗癌症的新办法——用重离子去轰击癌细胞。晓薇报名当了志愿者，两个疗程后，晓薇的病情好转，但两年后，病魔还是夺去了她的生命。钱成第一次知道了核物理还可以这样造福人类，但这项技术目前还不成熟。此后，钱成就拼命攻读核物理，报考了医学博士，走上了核物理运用的路子。

　　盘旋一圈之后，飞机一头扎进云雾里，此时，飞机就像潜水艇扎进大海里那样，整个机身顷刻间便被云层吞噬。机窗外什么都看不见，除了云就是雾。飞机剧烈颠簸起来，广播里传来了乘务员的声音："请乘客们系好安全带，飞机正在穿越云层，遇到了不稳定的气流。"

　　飞机终于穿越了云层，舷窗外出现了山峦和峡谷、江河和湖泊、田畴和村落、城市和街道。钱成的心都要跳出来了，仿佛听到自己内心的呼唤。此时此刻，他才真正体会到什么叫思念祖国。一股暖意从钱成的内心涌上来，打湿了他的眼眶。

　　中午，主办方邀请他们品尝了中国西北的饮食，主要是牛肉、羊肉，最后上了一道拉面。尽管肚子饱了，但钱成觉得还没有吃过瘾，又趁着导师休息的时候，悄悄溜出去找了一家川菜馆，要了一份小面吃。

　　吃完小面，走在回酒店的路上，不知咋的，钱成一下子思念起小美来。他对小美的思念就像那碗故乡的小面，酸甜麻辣，五味俱全。晓薇是一位好姑娘。现在晓薇走了，不知道小美过得怎么样？

会上，来自西蜀医院的卢教授介绍了他们医院运用碳离子轰击癌细胞的做法和效果，以及市场需求和应用前景。卢教授说，促使他和他的团队最后下决心上重离子轰击癌细胞试验的，是一位复合型癌症病人的离世。这个叫孙小美的病人，从普通治疗，到放化疗，再到靶向治疗，最后不得不进行换肝手术，前前后后花了一百多万元，花掉了病人家里的全部积蓄，人最后还是没有救回来。卢教授满怀激情地说："有了重离子这个新武器，我们看到了人类攻克癌症的曙光！"

钱成心里一惊：孙小美，该不是我认识的那个孙小美吧？天底下该不会有这么巧的事！

会议刚结束，钱成在会场上拦住了卢教授："教授，我是费城大学 S 教授的学生，四川人。"钱成这一句话，一下子拉近了他同卢教授的距离。卢教授说："欢迎你回老家看一看，到我们西蜀医院帮我们指点指点。""哦，教授，这次我暂时还没有这个安排，只能等下次了。"钱成说。

"那你找我有什么事吗？有什么需要我帮助的？"卢教授问道。

"我是想向你打听一个人，就是你刚才在交流中提到的孙小美。"

"怎么？你们认识呀？"

"不不不，我认识一个人，也叫孙小美，不过，她在我们老家教书，天底下哪有那么巧的事？"

"哦，这个人在荷花池做生意，不过听人说她在老家曾经教过书，有好多学生家长来看她。"

"教授，她老家是不是在隆桥驿？"

"这个我就不清楚了。不过她有个女儿，叫小小，在大学里学医，我留有她的电话。"

嘀嗒一下，卢教授把小小的电话号码发给了钱成。

钱成的心一下子悬了起来，千万别是孙小美啊！千万千万不要是她！钱成在心中一遍又一遍地说。

他拿出手机，准备给小小打电话，又觉得太突兀了。于是，他决定等开完会，向导师请假回一趟老家：毕竟从大洋彼岸回来一趟也不容易啊，为了省钱，这还是他出国留学后第一次踏上祖国的土地。

回到老家，钱成没有急着回家探望父母，而是按照卢教授的指引来到了小小读书的大学。他在校门口给小小打电话。

小小看到一个陌生号码的来电，并没有接。没过十秒钟，电话再次打进来，小小再次把它挂了。钱成不死心，不停地打，心里一个劲儿地祈祷：快接电话呀孩子，快接电话呀孩子！当他第六次拨通电话时，小小终于接了电话。

接起电话，小小问："你找谁呀？"

"我找孙小美，听说你是她女儿。"

"哦，找我妈呀，她走了。"

钱成紧张起来，他努力把握住自己的情绪，继续问道："对了，你可不可以告诉我，你们老家是不是在隆桥驿？"

"你是什么人啊，我凭什么告诉你？"

"你别误会，我也是隆桥驿人，我以前有个同学也叫孙小美。"

小小警觉起来，想起干爹交代的那些话：女孩子要矜持点，害人之心不可有，防人之心不可无。于是，她谎称在上课，一会儿再回过去。她又立即拨通了肖文武的电话，告诉他有一个自称是妈妈同学的人来找她。肖文武心里咯噔一下，意识到这个人有可能就是小小的爸爸。

"这样，小小，你答应他在学校附近的茶楼见他一下，我马上赶过来。"肖文武生怕失去这次见面的机会。找到钱成，小小这个可怜的孩子就不再是孤儿了。

得到肖文武的允许后，小小便决定见妈妈这个同学一面。这时候，她也开始意识到，这个人可能就是妈妈临终前向自己交代的那个人，她心里七上八下的。

钱成在校门口不停地往里面张望。突然，有一个小女生走进了他的视线，他又惊又喜，但瞬间转成了害怕。迎面走来的小女孩，分明就是一个克隆版的孙小美，那身段，那神态，那走路的姿势，都是他再熟悉不过的了。他有太多的话想对她说，可是，卢教授不是说她已经去世了吗？怎么这个人跟她那么像？如果真是她女儿，那将是一个不幸的消息。她不是在老家教书吗？怎么会跑到蓉城来？钱成不愿意相信，心存侥幸，想要证实这一切只是一场误会。

然而，更震惊的还在等着钱成，而他却毫无思想准备。

小小刚跨出校门，钱成就迎上去问道："请问这位同学，你可是孙小小？"

"我是，请问你是谁？"

"我姓钱，是费城大学回国访问的学者，我想找一个人，恰好跟你母亲同名同姓。"钱成说罢，将名片递了一张给小小。小小一看——钱成，脑袋嗡的一声，一片空白，这正是她妈妈弥留之际向她提到过的名字。信息一旦对上，眼前这个人便是她父亲。小小差点没崩溃。

小小的脸马上黑了下来，心里骂道：哼！好一个陈世美，现在才想起我们母女俩来！

钱成压根就没有朝那方面想，还是在不断地向小小询问："你妈妈是什么时候走的？外公外婆和家里人怎么样？你爸爸在什么单位工作？"

小小的感情终于井喷了，大吼一声："你什么都不要问了！亏你还想得起我们！"说完，她哇的一声号啕大哭起来。钱成不知所措，忙说："好好好！我不问了。"小小一边抹眼泪，一边起身要离开，钱成一把抓住她的胳膊，"还没有说完呢，孩子。"小小甩开他的手吼道："别碰我！"

正在这节骨眼儿上，肖文武赶到了。

"小小，要有礼貌！"肖文武用严厉的口气喊道。然后，他主动向钱成做了自我介绍，说自己是小小的干爹，也是小小目前的监护人。

肖文武稳住了小小的情绪后，转过身来对钱成继续说道："老弟呀，找到你太不容易了。找到你，我就放心了，这孩子就有依靠了！"这一说，更把钱成搞得一头雾水。

"小小呀，是你们的女儿。"

"什么？我们的女儿，我没听错吧？"

"没有听错，孙小小就是你和孙小美的女儿，这是小美临终前才说出的真相，因为她不能让孩子一辈子蒙在鼓里。"

钱成在惊愕中听完了肖文武的讲述，这才知道孙小美把小小拉扯大多么不容易，深深为自己当初的行为而悔恨，大喊一声："我来晚了！"然后同小小一样，痛痛快快地哭起来。他边哭边说："我不是故意的，我不知道我们有了小小啊！"

"小小，快叫爸爸！"肖文武见火候到了，便让孩子认父亲。也不知道是小小心里还有怨气，还是不好意思，她没有开口。肖文武再次催促道，"孩子，快叫啊！"小小突然扑向钱成，大呼一声："爸！"

三人心平气和地谈了一阵，知道了钱成在国外也不容易，现在亦是独身一人。

当天晚上，钱成梦见小美托了一个梦给他，小美说："你要好好把小小养大成人，她学医，就让她去攻克癌症吧，那样，她就可以挽救更多人的生命。"

小小毕业后，选择了重离子轰击癌细胞作为自己的研究方向。她考取了费城大学医学院，父女俩都师从 S 教授。

小小幻想着，将来有一天，妈妈从时空隧道归来，人类发展到一个更高级的时期，要什么就有什么，人体的任何一个器官，就像是一部机器的零部件，想换哪一个就换哪一个。

三稿于蓉城金沙

2022 年 3 月 23 日